Via Media's
Martial Art Notebook

by Michael A. DeMarco, M.A.
Illustrations by Oscar Ratti

Via Media Via Media Publishing
www.viamediapublishing.com

Disclaimer
Please note that the author and publisher of this book are not responsible in any manner whatsoever for any injury that may result from practicing the techniques and/or following the instructions given within. Since the physical activities described herein may be too strenuous in nature for some readers to engage in safely, it is essential that a physician be consulted prior to training.

All Rights Reserved
No part of this publication, including illustrations, may be reproduced or utilized in any form or by any means, electronic or mechanical, including photocopying, recording, or by any information storage and retrieval system (beyond that copying permitted by Sections 107 and 108 of the U.S. Copyright Law and except by reviewers for the public press), without written permission from Via Media Publishing Company. Warning: Any unauthorized act in relation to a copyright work may result in both a civil claim for damages and criminal prosecution.

Printed in the United States of America
The paper in this book meets the guidelines for permanence and durability of the Committee on Production Guidelines for Book Longevity of the Council on Library Resources.

Copyright © 2024 Via Media Publishing Company
941 Calle Mejia #822, Santa Fe, NM 87501 USA
E-mail: contact@viamediapublishing.com

Cover design by Via Media Publishing Company.
Artwork by Oscar Ratti
from a scene in the *Tales of the Hermit*.

All artwork © Futuro Design and Publications
and Via Media Publishing.

ISBN 978-1-893765-10-8

www.viamediapublishing.com

Dedication

In large part, this book was organized as a tribute to **Oscar Ratti** whose artwork you'll find throughout this publication. During the years when the *Journal of Asian Martial Arts* was being published, he had selflessly offered to create illustrations for articles and covers. A true Renaissance man, martial artists will remember him for the books he wrote with his wife Adele Westbrook, including *Secrets of the Samurai – A Survey of the Martial Arts of Feudal Japan, Aikido and the Dynamic Sphere*, and the graphic novel series *Tales of the Hermit, Volumes I, II & III*.

This notebook belongs to

Name: _____

Address: _____

_____

_____

Phone: _____

Email: _____

Keeping This Notebook Will Benefit You!

To write or not to write? If your goal is to become better skilled in martial arts and physically and mentally healthier, then it is best not to take a haphazard approach to your practice. Keeping a notebook will give you a reference for your practice sessions and inspire you to be consistent, motivated, and inspired: make the best of your practice time.

What are your goals? Write them down so you can actually see what ranks in importance. You may wish to learn a new routine, focus on self-defense techniques, or enjoy the sweat brought on by sparring. A daily record helps one see what goals are being reached, or not reached. Over time, the goals may change. You will want to adapt your workout sessions whenever you discover a better method to ensure you're making progress. Discover what has worked well and also what hasn't worked. Adjust. Keep moving forward.

Journaling: Keep It Simple

This *Notebook* was designed to help you note the essentials of your practice. Keeping a highly detailed journal is burdensome and difficult to review. This book should be a simple reference for you to track your progress and keep your goals in mind. Keep your notes as simple as possible, so you can quickly review past sessions, make changes, and plan for future sessions.

You'll find that each journal page lists your starting and ending time, primary goal, secondary goal, practices and observations. Content will change over time. For example, you may focus on open-hands practice and only start weapons practice mid-year.

When you know what your primary goal is, your daily schedule becomes clear. It will help you focus and not be distracted by trying to reach for too much. A secondary goal can support the primary goal. These will determine what practices you will want to include in your sessions. Of course, if you are a student, your instructor can offer advice to note.

Be aware of each practice, noting the physical and mental effects of the daily activity. There is a summary area for each month where you can assess your program. What activities showed progress? Do any of the practices cause pain (prevent injuries!)? Remember your goals and evaluate your practice patterns accordingly.

You may want to vary your sessions, for example, by devoting particular days to solo training and other days to partner and group practice. Keeping the *Notebook* will help give you an honest view of your practice and progress. Your notes will inspire you to think about why you are a martial artist and help you improve your skills and understanding of your art.

A burden for many instructors is the need to regularly remind their students of corrections. The journal will help any individual to focus on practice tips. Remember your instructor's advice and get results.

Keeping the notebook will also give you a vision of the past, present and future of your martial practice. It will ensure your progressive learning and improve your skills. Each page will capture your efforts toward the goals you've made and reached. The record will keep you on track, inspiring your practice, improving the quality of your skills, while keeping you physically fit.

MONTH 1

"Perfect practice makes perfect."

| **Month** | **Day** | *start time* _____ *end time* _____ |

- primary goal _____
- secondary goal _____

Practices
- routine/s _____
- technique/s _____
- weapon/s _____
- partner/s _____

Observations
- physical progress _____
- mental progress _____
- today's mood _____
- strong points _____
- weak points _____
- instructor's advice _____

| **Month** | **Day** | *start time* _____ *end time* _____ |

- primary goal _____
- secondary goal _____

Practices
- routine/s _____
- technique/s _____
- weapon/s _____
- partner/s _____

Observations
- physical progress _____
- mental progress _____
- today's mood _____
- strong points _____
- weak points _____
- instructor's advice _____

| **Month** | | **Day** | | *start time* _____ *end time* _____ |

- primary goal _____
- secondary goal _____

Practices

- routine/s _____
- technique/s _____
- weapon/s _____
- partner/s _____

Observations

- physical progress _____
- mental progress _____
- today's mood _____
- strong points _____
- weak points _____
- instructor's advice _____

| **Month** | | **Day** | | *start time* _____ *end time* _____ |

- primary goal _____
- secondary goal _____

Practices

- routine/s _____
- technique/s _____
- weapon/s _____
- partner/s _____

Observations

- physical progress _____
- mental progress _____
- today's mood _____
- strong points _____
- weak points _____
- instructor's advice _____

| **Month** | | **Day** | | *start time* _____ *end time* _____ |

- primary goal _____
- secondary goal _____

Practices
- routine/s _____
- technique/s _____
- weapon/s _____
- partner/s _____

Observations
- physical progress _____
- mental progress _____
- today's mood _____
- strong points _____
- weak points _____
- instructor's advice _____

| **Month** | | **Day** | | *start time* _____ *end time* _____ |

- primary goal _____
- secondary goal _____

Practices
- routine/s _____
- technique/s _____
- weapon/s _____
- partner/s _____

Observations
- physical progress _____
- mental progress _____
- today's mood _____
- strong points _____
- weak points _____
- instructor's advice _____

| **Month** | **Day** | *start time* _____ *end time* _____ |

- primary goal _____
- secondary goal _____

Practices
- routine/s _____
- technique/s _____
- weapon/s _____
- partner/s _____

Observations
- physical progress _____
- mental progress _____
- today's mood _____
- strong points _____
- weak points _____
- instructor's advice _____

| **Month** | **Day** | *start time* _____ *end time* _____ |

- primary goal _____
- secondary goal _____

Practices
- routine/s _____
- technique/s _____
- weapon/s _____
- partner/s _____

Observations
- physical progress _____
- mental progress _____
- today's mood _____
- strong points _____
- weak points _____
- instructor's advice _____

| **Month** | **Day** | *start time* _____ *end time* _____ |

- primary goal _____
- secondary goal _____

Practices
- routine/s _____
- technique/s _____
- weapon/s _____
- partner/s _____

Observations
- physical progress _____
- mental progress _____
- today's mood _____
- strong points _____
- weak points _____
- instructor's advice _____

| **Month** | **Day** | *start time* _____ *end time* _____ |

- primary goal _____
- secondary goal _____

Practices
- routine/s _____
- technique/s _____
- weapon/s _____
- partner/s _____

Observations
- physical progress _____
- mental progress _____
- today's mood _____
- strong points _____
- weak points _____
- instructor's advice _____

| **Month** | | **Day** | | *start time* _____ *end time* _____ |

- primary goal _____
- secondary goal _____

Practices
- routine/s _____
- technique/s _____
- weapon/s _____
- partner/s _____

Observations
- physical progress _____
- mental progress _____
- today's mood _____
- strong points _____
- weak points _____
- instructor's advice _____

| **Month** | | **Day** | | *start time* _____ *end time* _____ |

- primary goal _____
- secondary goal _____

Practices
- routine/s _____
- technique/s _____
- weapon/s _____
- partner/s _____

Observations
- physical progress _____
- mental progress _____
- today's mood _____
- strong points _____
- weak points _____
- instructor's advice _____

| **Month** | | **Day** | | *start time* _____ *end time* _____ |

- primary goal _____
- secondary goal _____

Practices
- routine/s _____
- technique/s _____
- weapon/s _____
- partner/s _____

Observations
- physical progress _____
- mental progress _____
- today's mood _____
- strong points _____
- weak points _____
- instructor's advice _____

| **Month** | | **Day** | | *start time* _____ *end time* _____ |

- primary goal _____
- secondary goal _____

Practices
- routine/s _____
- technique/s _____
- weapon/s _____
- partner/s _____

Observations
- physical progress _____
- mental progress _____
- today's mood _____
- strong points _____
- weak points _____
- instructor's advice _____

| **Month** | | **Day** | | *start time* _____ *end time* _____ |

- primary goal _____
- secondary goal _____

Practices
- routine/s _____
- technique/s _____
- weapon/s _____
- partner/s _____

Observations
- physical progress _____
- mental progress _____
- today's mood _____
- strong points _____
- weak points _____
- instructor's advice _____

| **Month** | | **Day** | | *start time* _____ *end time* _____ |

- primary goal _____
- secondary goal _____

Practices
- routine/s _____
- technique/s _____
- weapon/s _____
- partner/s _____

Observations
- physical progress _____
- mental progress _____
- today's mood _____
- strong points _____
- weak points _____
- instructor's advice _____

| **Month** | **Day** | *start time* _____ *end time* _____ |

- primary goal _____
- secondary goal _____

Practices
- routine/s _____
- technique/s _____
- weapon/s _____
- partner/s _____

Observations
- physical progress _____
- mental progress _____
- today's mood _____
- strong points _____
- weak points _____
- instructor's advice _____

| **Month** | **Day** | *start time* _____ *end time* _____ |

- primary goal _____
- secondary goal _____

Practices
- routine/s _____
- technique/s _____
- weapon/s _____
- partner/s _____

Observations
- physical progress _____
- mental progress _____
- today's mood _____
- strong points _____
- weak points _____
- instructor's advice _____

| **Month** | **Day** | *start time _____ end time _____* |

- primary goal _____
- secondary goal _____

Practices
- routine/s _____
- technique/s _____
- weapon/s _____
- partner/s _____

Observations
- physical progress _____
- mental progress _____
- today's mood _____
- strong points _____
- weak points _____
- instructor's advice _____

| **Month** | **Day** | *start time _____ end time _____* |

- primary goal _____
- secondary goal _____

Practices
- routine/s _____
- technique/s _____
- weapon/s _____
- partner/s _____

Observations
- physical progress _____
- mental progress _____
- today's mood _____
- strong points _____
- weak points _____
- instructor's advice _____

| **Month** | **Day** | *start time* _____ *end time* _____ |

- primary goal _____
- secondary goal _____

Practices
- routine/s _____
- technique/s _____
- weapon/s _____
- partner/s _____

Observations
- physical progress _____
- mental progress _____
- today's mood _____
- strong points _____
- weak points _____
- instructor's advice _____

| **Month** | **Day** | *start time* _____ *end time* _____ |

- primary goal _____
- secondary goal _____

Practices
- routine/s _____
- technique/s _____
- weapon/s _____
- partner/s _____

Observations
- physical progress _____
- mental progress _____
- today's mood _____
- strong points _____
- weak points _____
- instructor's advice _____

| **Month** | | **Day** | | *start time* _____ *end time* _____ |

- primary goal _____
- secondary goal _____

Practices
- routine/s _____
- technique/s _____
- weapon/s _____
- partner/s _____

Observations
- physical progress _____
- mental progress _____
- today's mood _____
- strong points _____
- weak points _____
- instructor's advice _____

| **Month** | | **Day** | | *start time* _____ *end time* _____ |

- primary goal _____
- secondary goal _____

Practices
- routine/s _____
- technique/s _____
- weapon/s _____
- partner/s _____

Observations
- physical progress _____
- mental progress _____
- today's mood _____
- strong points _____
- weak points _____
- instructor's advice _____

| **Month** | | **Day** | | *start time* _____ *end time* _____ |

- primary goal _____
- secondary goal _____

Practices
- routine/s _____
- technique/s _____
- weapon/s _____
- partner/s _____

Observations
- physical progress _____
- mental progress _____
- today's mood _____
- strong points _____
- weak points _____
- instructor's advice _____

| **Month** | | **Day** | | *start time* _____ *end time* _____ |

- primary goal _____
- secondary goal _____

Practices
- routine/s _____
- technique/s _____
- weapon/s _____
- partner/s _____

Observations
- physical progress _____
- mental progress _____
- today's mood _____
- strong points _____
- weak points _____
- instructor's advice _____

| **Month** | | **Day** | | *start time* _____ *end time* _____ |

- primary goal _____
- secondary goal _____

Practices
- routine/s _____
- technique/s _____
- weapon/s _____
- partner/s _____

Observations
- physical progress _____
- mental progress _____
- today's mood _____
- strong points _____
- weak points _____
- instructor's advice _____

| **Month** | | **Day** | | *start time* _____ *end time* _____ |

- primary goal _____
- secondary goal _____

Practices
- routine/s _____
- technique/s _____
- weapon/s _____
- partner/s _____

Observations
- physical progress _____
- mental progress _____
- today's mood _____
- strong points _____
- weak points _____
- instructor's advice _____

Month		**Day**	*start time* _____ *end time* _____

- primary goal _____
- secondary goal _____

Practices
- routine/s _____
- technique/s _____
- weapon/s _____
- partner/s _____

Observations
- physical progress _____
- mental progress _____
- today's mood _____
- strong points _____
- weak points _____
- instructor's advice _____

Month		**Day**	*start time* _____ *end time* _____

- primary goal _____
- secondary goal _____

Practices
- routine/s _____
- technique/s _____
- weapon/s _____
- partner/s _____

Observations
- physical progress _____
- mental progress _____
- today's mood _____
- strong points _____
- weak points _____
- instructor's advice _____

| **Month** | **Day** | *start time _____ end time _____* |

- primary goal _____
- secondary goal _____

Practices
- routine/s _____
- technique/s _____
- weapon/s _____
- partner/s _____

Observations
- physical progress _____
- mental progress _____
- today's mood _____
- strong points _____
- weak points _____
- instructor's advice _____

| **Month** | **Day** | *start time _____ end time _____* |

- primary goal _____
- secondary goal _____

Practices
- routine/s _____
- technique/s _____
- weapon/s _____
- partner/s _____

Observations
- physical progress _____
- mental progress _____
- today's mood _____
- strong points _____
- weak points _____
- instructor's advice _____

MONTH 2

"Smooth seas do not make skillful sailors."
~ African Proverb

| Month | Day | *start time* _____ *end time* _____ |

- primary goal _____
- secondary goal _____

Practices
- routine/s _____
- technique/s _____
- weapon/s _____
- partner/s _____

Observations
- physical progress _____
- mental progress _____
- today's mood _____
- strong points _____
- weak points _____
- instructor's advice _____

| **Month** | **Day** | *start time _____ end time _____* |

- primary goal _____
- secondary goal _____

Practices
- routine/s _____
- technique/s _____
- weapon/s _____
- partner/s _____

Observations
- physical progress _____
- mental progress _____
- today's mood _____
- strong points _____
- weak points _____
- instructor's advice _____

| **Month** | **Day** | *start time _____ end time _____* |

- primary goal _____
- secondary goal _____

Practices
- routine/s _____
- technique/s _____
- weapon/s _____
- partner/s _____

Observations
- physical progress _____
- mental progress _____
- today's mood _____
- strong points _____
- weak points _____
- instructor's advice _____

| **Month** | **Day** | *start time* _____ *end time* _____ |

- primary goal _____
- secondary goal _____

Practices
- routine/s _____
- technique/s _____
- weapon/s _____
- partner/s _____

Observations
- physical progress _____
- mental progress _____
- today's mood _____
- strong points _____
- weak points _____
- instructor's advice _____

| **Month** | **Day** | *start time* _____ *end time* _____ |

- primary goal _____
- secondary goal _____

Practices
- routine/s _____
- technique/s _____
- weapon/s _____
- partner/s _____

Observations
- physical progress _____
- mental progress _____
- today's mood _____
- strong points _____
- weak points _____
- instructor's advice _____

| **Month** | **Day** | *start time _____ end time _____* |

- primary goal _____
- secondary goal _____

Practices
- routine/s _____
- technique/s _____
- weapon/s _____
- partner/s _____

Observations
- physical progress _____
- mental progress _____
- today's mood _____
- strong points _____
- weak points _____
- instructor's advice _____

| **Month** | **Day** | *start time _____ end time _____* |

- primary goal _____
- secondary goal _____

Practices
- routine/s _____
- technique/s _____
- weapon/s _____
- partner/s _____

Observations
- physical progress _____
- mental progress _____
- today's mood _____
- strong points _____
- weak points _____
- instructor's advice _____

| **Month** | | **Day** | | *start time* _____ *end time* _____ |

- primary goal _____
- secondary goal _____

Practices
- routine/s _____
- technique/s _____
- weapon/s _____
- partner/s _____

Observations
- physical progress _____
- mental progress _____
- today's mood _____
- strong points _____
- weak points _____
- instructor's advice _____

| **Month** | | **Day** | | *start time* _____ *end time* _____ |

- primary goal _____
- secondary goal _____

Practices
- routine/s _____
- technique/s _____
- weapon/s _____
- partner/s _____

Observations
- physical progress _____
- mental progress _____
- today's mood _____
- strong points _____
- weak points _____
- instructor's advice _____

| **Month** | **Day** | *start time _____ end time _____* |

- primary goal _____
- secondary goal _____

Practices
- routine/s _____
- technique/s _____
- weapon/s _____
- partner/s _____

Observations
- physical progress _____
- mental progress _____
- today's mood _____
- strong points _____
- weak points _____
- instructor's advice _____

| **Month** | **Day** | *start time _____ end time _____* |

- primary goal _____
- secondary goal _____

Practices
- routine/s _____
- technique/s _____
- weapon/s _____
- partner/s _____

Observations
- physical progress _____
- mental progress _____
- today's mood _____
- strong points _____
- weak points _____
- instructor's advice _____

| **Month** | | **Day** | | *start time* _____ *end time* _____ |

- primary goal _____
- secondary goal _____

Practices
- routine/s _____
- technique/s _____
- weapon/s _____
- partner/s _____

Observations
- physical progress _____
- mental progress _____
- today's mood _____
- strong points _____
- weak points _____
- instructor's advice _____

| **Month** | | **Day** | | *start time* _____ *end time* _____ |

- primary goal _____
- secondary goal _____

Practices
- routine/s _____
- technique/s _____
- weapon/s _____
- partner/s _____

Observations
- physical progress _____
- mental progress _____
- today's mood _____
- strong points _____
- weak points _____
- instructor's advice _____

| **Month** | **Day** | *start time _____ end time _____* |

- primary goal   _____
- secondary goal _____

Practices
- routine/s   _____
- technique/s   _____
- weapon/s   _____
- partner/s   _____

Observations
- physical progress _____
- mental progress   _____
- today's mood   _____
- strong points   _____
- weak points   _____
- instructor's advice _____

| **Month** | **Day** | *start time _____ end time _____* |

- primary goal   _____
- secondary goal _____

Practices
- routine/s   _____
- technique/s   _____
- weapon/s   _____
- partner/s   _____

Observations
- physical progress _____
- mental progress   _____
- today's mood   _____
- strong points   _____
- weak points   _____
- instructor's advice _____

| **Month** | **Day** | *start time* _____ *end time* _____ |

- primary goal _____
- secondary goal _____

Practices
- routine/s _____
- technique/s _____
- weapon/s _____
- partner/s _____

Observations
- physical progress _____
- mental progress _____
- today's mood _____
- strong points _____
- weak points _____
- instructor's advice _____

| **Month** | **Day** | *start time* _____ *end time* _____ |

- primary goal _____
- secondary goal _____

Practices
- routine/s _____
- technique/s _____
- weapon/s _____
- partner/s _____

Observations
- physical progress _____
- mental progress _____
- today's mood _____
- strong points _____
- weak points _____
- instructor's advice _____

| **Month** | **Day** | *start time* _____ *end time* _____ |

- primary goal _____
- secondary goal _____

Practices
- routine/s _____
- technique/s _____
- weapon/s _____
- partner/s _____

Observations
- physical progress _____
- mental progress _____
- today's mood _____
- strong points _____
- weak points _____
- instructor's advice _____

| **Month** | **Day** | *start time* _____ *end time* _____ |

- primary goal _____
- secondary goal _____

Practices
- routine/s _____
- technique/s _____
- weapon/s _____
- partner/s _____

Observations
- physical progress _____
- mental progress _____
- today's mood _____
- strong points _____
- weak points _____
- instructor's advice _____

| **Month** | **Day** | *start time* _____ *end time* _____ |

- primary goal _____
- secondary goal _____

Practices
- routine/s _____
- technique/s _____
- weapon/s _____
- partner/s _____

Observations
- physical progress _____
- mental progress _____
- today's mood _____
- strong points _____
- weak points _____
- instructor's advice _____

| **Month** | **Day** | *start time* _____ *end time* _____ |

- primary goal _____
- secondary goal _____

Practices
- routine/s _____
- technique/s _____
- weapon/s _____
- partner/s _____

Observations
- physical progress _____
- mental progress _____
- today's mood _____
- strong points _____
- weak points _____
- instructor's advice _____

| Month | Day | *start time* _____ *end time* _____ |

- primary goal _____
- secondary goal _____

Practices
- routine/s _____
- technique/s _____
- weapon/s _____
- partner/s _____

Observations
- physical progress _____
- mental progress _____
- today's mood _____
- strong points _____
- weak points _____
- instructor's advice _____

| Month | Day | *start time* _____ *end time* _____ |

- primary goal _____
- secondary goal _____

Practices
- routine/s _____
- technique/s _____
- weapon/s _____
- partner/s _____

Observations
- physical progress _____
- mental progress _____
- today's mood _____
- strong points _____
- weak points _____
- instructor's advice _____

Month	**Day**	*start time* _____ *end time* _____

- primary goal _____
- secondary goal _____

Practices
- routine/s _____
- technique/s _____
- weapon/s _____
- partner/s _____

Observations
- physical progress _____
- mental progress _____
- today's mood _____
- strong points _____
- weak points _____
- instructor's advice _____

Month	**Day**	*start time* _____ *end time* _____

- primary goal _____
- secondary goal _____

Practices
- routine/s _____
- technique/s _____
- weapon/s _____
- partner/s _____

Observations
- physical progress _____
- mental progress _____
- today's mood _____
- strong points _____
- weak points _____
- instructor's advice _____

| **Month** | **Day** | *start time* _____ *end time* _____ |

- primary goal _____
- secondary goal _____

Practices
- routine/s _____
- technique/s _____
- weapon/s _____
- partner/s _____

Observations
- physical progress _____
- mental progress _____
- today's mood _____
- strong points _____
- weak points _____
- instructor's advice _____

| **Month** | **Day** | *start time* _____ *end time* _____ |

- primary goal _____
- secondary goal _____

Practices
- routine/s _____
- technique/s _____
- weapon/s _____
- partner/s _____

Observations
- physical progress _____
- mental progress _____
- today's mood _____
- strong points _____
- weak points _____
- instructor's advice _____

| **Month** | | **Day** | | *start time* _____ *end time* _____ |

- primary goal _____
- secondary goal _____

Practices
- routine/s _____
- technique/s _____
- weapon/s _____
- partner/s _____

Observations
- physical progress _____
- mental progress _____
- today's mood _____
- strong points _____
- weak points _____
- instructor's advice _____

| **Month** | | **Day** | | *start time* _____ *end time* _____ |

- primary goal _____
- secondary goal _____

Practices
- routine/s _____
- technique/s _____
- weapon/s _____
- partner/s _____

Observations
- physical progress _____
- mental progress _____
- today's mood _____
- strong points _____
- weak points _____
- instructor's advice _____

| **Month** | | **Day** | | *start time* _____ *end time* _____ |

- primary goal _____
- secondary goal _____

Practices
- routine/s _____
- technique/s _____
- weapon/s _____
- partner/s _____

Observations
- physical progress _____
- mental progress _____
- today's mood _____
- strong points _____
- weak points _____
- instructor's advice _____

| **Month** | | **Day** | | *start time* _____ *end time* _____ |

- primary goal _____
- secondary goal _____

Practices
- routine/s _____
- technique/s _____
- weapon/s _____
- partner/s _____

Observations
- physical progress _____
- mental progress _____
- today's mood _____
- strong points _____
- weak points _____
- instructor's advice _____

MONTH 3

"When the archer misses
the center of the target,
he turns around and seeks for
the cause of his failure in himself."
~ Confucius

| **Month** | **Day** | *start time* _____ *end time* _____ |

- primary goal _____
- secondary goal _____

Practices
- routine/s _____
- technique/s _____
- weapon/s _____
- partner/s _____

Observations
- physical progress _____
- mental progress _____
- today's mood _____
- strong points _____
- weak points _____
- instructor's advice _____

| **Month** | **Day** | *start time* _____ *end time* _____ |

- primary goal _____
- secondary goal _____

Practices
- routine/s _____
- technique/s _____
- weapon/s _____
- partner/s _____

Observations
- physical progress _____
- mental progress _____
- today's mood _____
- strong points _____
- weak points _____
- instructor's advice _____

| **Month** | **Day** | *start time* _____ *end time* _____ |

- primary goal _____
- secondary goal _____

Practices
- routine/s _____
- technique/s _____
- weapon/s _____
- partner/s _____

Observations
- physical progress _____
- mental progress _____
- today's mood _____
- strong points _____
- weak points _____
- instructor's advice _____

| **Month** | **Day** | *start time* _____ *end time* _____ |

- primary goal _____
- secondary goal _____

Practices
- routine/s _____
- technique/s _____
- weapon/s _____
- partner/s _____

Observations
- physical progress _____
- mental progress _____
- today's mood _____
- strong points _____
- weak points _____
- instructor's advice _____

| **Month** | **Day** | *start time _____ end time _____* |

- primary goal _____
- secondary goal _____

Practices
- routine/s _____
- technique/s _____
- weapon/s _____
- partner/s _____

Observations
- physical progress _____
- mental progress _____
- today's mood _____
- strong points _____
- weak points _____
- instructor's advice _____

| **Month** | **Day** | *start time _____ end time _____* |

- primary goal _____
- secondary goal _____

Practices
- routine/s _____
- technique/s _____
- weapon/s _____
- partner/s _____

Observations
- physical progress _____
- mental progress _____
- today's mood _____
- strong points _____
- weak points _____
- instructor's advice _____

| **Month** | | **Day** | | *start time* _____ *end time* _____ |

- primary goal _____
- secondary goal _____

Practices
- routine/s _____
- technique/s _____
- weapon/s _____
- partner/s _____

Observations
- physical progress _____
- mental progress _____
- today's mood _____
- strong points _____
- weak points _____
- instructor's advice _____

| **Month** | | **Day** | | *start time* _____ *end time* _____ |

- primary goal _____
- secondary goal _____

Practices
- routine/s _____
- technique/s _____
- weapon/s _____
- partner/s _____

Observations
- physical progress _____
- mental progress _____
- today's mood _____
- strong points _____
- weak points _____
- instructor's advice _____

Month		**Day**		*start time* _____ *end time* _____

- primary goal _____
- secondary goal _____

Practices
- routine/s _____
- technique/s _____
- weapon/s _____
- partner/s _____

Observations
- physical progress _____
- mental progress _____
- today's mood _____
- strong points _____
- weak points _____
- instructor's advice _____

Month		**Day**		*start time* _____ *end time* _____

- primary goal _____
- secondary goal _____

Practices
- routine/s _____
- technique/s _____
- weapon/s _____
- partner/s _____

Observations
- physical progress _____
- mental progress _____
- today's mood _____
- strong points _____
- weak points _____
- instructor's advice _____

| **Month** | **Day** | *start time* _____ *end time* _____ |

- primary goal _____
- secondary goal _____

Practices
- routine/s _____
- technique/s _____
- weapon/s _____
- partner/s _____

Observations
- physical progress _____
- mental progress _____
- today's mood _____
- strong points _____
- weak points _____
- instructor's advice _____

| **Month** | **Day** | *start time* _____ *end time* _____ |

- primary goal _____
- secondary goal _____

Practices
- routine/s _____
- technique/s _____
- weapon/s _____
- partner/s _____

Observations
- physical progress _____
- mental progress _____
- today's mood _____
- strong points _____
- weak points _____
- instructor's advice _____

| **Month** | **Day** | *start time _____ end time _____* |

- primary goal _____
- secondary goal _____

Practices
- routine/s _____
- technique/s _____
- weapon/s _____
- partner/s _____

Observations
- physical progress _____
- mental progress _____
- today's mood _____
- strong points _____
- weak points _____
- instructor's advice _____

| **Month** | **Day** | *start time _____ end time _____* |

- primary goal _____
- secondary goal _____

Practices
- routine/s _____
- technique/s _____
- weapon/s _____
- partner/s _____

Observations
- physical progress _____
- mental progress _____
- today's mood _____
- strong points _____
- weak points _____
- instructor's advice _____

| **Month** | **Day** | *start time* _____ *end time* _____ |

- primary goal _____
- secondary goal _____

Practices
- routine/s _____
- technique/s _____
- weapon/s _____
- partner/s _____

Observations
- physical progress _____
- mental progress _____
- today's mood _____
- strong points _____
- weak points _____
- instructor's advice _____

| **Month** | **Day** | *start time* _____ *end time* _____ |

- primary goal _____
- secondary goal _____

Practices
- routine/s _____
- technique/s _____
- weapon/s _____
- partner/s _____

Observations
- physical progress _____
- mental progress _____
- today's mood _____
- strong points _____
- weak points _____
- instructor's advice _____

| **Month** | **Day** | *start time _____ end time _____* |

- primary goal _____
- secondary goal _____

Practices
- routine/s _____
- technique/s _____
- weapon/s _____
- partner/s _____

Observations
- physical progress _____
- mental progress _____
- today's mood _____
- strong points _____
- weak points _____
- instructor's advice _____

| **Month** | **Day** | *start time _____ end time _____* |

- primary goal _____
- secondary goal _____

Practices
- routine/s _____
- technique/s _____
- weapon/s _____
- partner/s _____

Observations
- physical progress _____
- mental progress _____
- today's mood _____
- strong points _____
- weak points _____
- instructor's advice _____

Month	**Day**	*start time* _____ *end time* _____

- primary goal _____
- secondary goal _____

Practices
- routine/s _____
- technique/s _____
- weapon/s _____
- partner/s _____

Observations
- physical progress _____
- mental progress _____
- today's mood _____
- strong points _____
- weak points _____
- instructor's advice _____

Month	**Day**	*start time* _____ *end time* _____

- primary goal _____
- secondary goal _____

Practices
- routine/s _____
- technique/s _____
- weapon/s _____
- partner/s _____

Observations
- physical progress _____
- mental progress _____
- today's mood _____
- strong points _____
- weak points _____
- instructor's advice _____

| **Month** | **Day** | *start time* _____ *end time* _____ |

- primary goal _____
- secondary goal _____

Practices
- routine/s _____
- technique/s _____
- weapon/s _____
- partner/s _____

Observations
- physical progress _____
- mental progress _____
- today's mood _____
- strong points _____
- weak points _____
- instructor's advice _____

| **Month** | **Day** | *start time* _____ *end time* _____ |

- primary goal _____
- secondary goal _____

Practices
- routine/s _____
- technique/s _____
- weapon/s _____
- partner/s _____

Observations
- physical progress _____
- mental progress _____
- today's mood _____
- strong points _____
- weak points _____
- instructor's advice _____

| **Month** | **Day** | *start time* _____ *end time* _____ |

- primary goal _____
- secondary goal _____

Practices
- routine/s _____
- technique/s _____
- weapon/s _____
- partner/s _____

Observations
- physical progress _____
- mental progress _____
- today's mood _____
- strong points _____
- weak points _____
- instructor's advice _____

| **Month** | **Day** | *start time* _____ *end time* _____ |

- primary goal _____
- secondary goal _____

Practices
- routine/s _____
- technique/s _____
- weapon/s _____
- partner/s _____

Observations
- physical progress _____
- mental progress _____
- today's mood _____
- strong points _____
- weak points _____
- instructor's advice _____

| **Month** | **Day** | *start time* _____ *end time* _____ |

- primary goal _____
- secondary goal _____

Practices
- routine/s _____
- technique/s _____
- weapon/s _____
- partner/s _____

Observations
- physical progress _____
- mental progress _____
- today's mood _____
- strong points _____
- weak points _____
- instructor's advice _____

| **Month** | **Day** | *start time* _____ *end time* _____ |

- primary goal _____
- secondary goal _____

Practices
- routine/s _____
- technique/s _____
- weapon/s _____
- partner/s _____

Observations
- physical progress _____
- mental progress _____
- today's mood _____
- strong points _____
- weak points _____
- instructor's advice _____

| **Month** | **Day** | *start time _____ end time _____* |

- primary goal _____
- secondary goal _____

Practices
- routine/s _____
- technique/s _____
- weapon/s _____
- partner/s _____

Observations
- physical progress _____
- mental progress _____
- today's mood _____
- strong points _____
- weak points _____
- instructor's advice _____

| **Month** | **Day** | *start time _____ end time _____* |

- primary goal _____
- secondary goal _____

Practices
- routine/s _____
- technique/s _____
- weapon/s _____
- partner/s _____

Observations
- physical progress _____
- mental progress _____
- today's mood _____
- strong points _____
- weak points _____
- instructor's advice _____

| **Month** | | **Day** | | *start time* _____ *end time* _____ |

- primary goal _____
- secondary goal _____

Practices
- routine/s _____
- technique/s _____
- weapon/s _____
- partner/s _____

Observations
- physical progress _____
- mental progress _____
- today's mood _____
- strong points _____
- weak points _____
- instructor's advice _____

| **Month** | | **Day** | | *start time* _____ *end time* _____ |

- primary goal _____
- secondary goal _____

Practices
- routine/s _____
- technique/s _____
- weapon/s _____
- partner/s _____

Observations
- physical progress _____
- mental progress _____
- today's mood _____
- strong points _____
- weak points _____
- instructor's advice _____

| Month | | Day | | *start time* _____ *end time* _____ |

- primary goal _____
- secondary goal _____

Practices
- routine/s _____
- technique/s _____
- weapon/s _____
- partner/s _____

Observations
- physical progress _____
- mental progress _____
- today's mood _____
- strong points _____
- weak points _____
- instructor's advice _____

| Month | | Day | | *start time* _____ *end time* _____ |

- primary goal _____
- secondary goal _____

Practices
- routine/s _____
- technique/s _____
- weapon/s _____
- partner/s _____

Observations
- physical progress _____
- mental progress _____
- today's mood _____
- strong points _____
- weak points _____
- instructor's advice _____

MONTH 4

"He who is not everyday conquering some fear has not learned the secret of life." ~ Ralph Waldo Emerson

| **Month** | **Day** | *start time* _____ *end time* _____ |

- primary goal _____
- secondary goal _____

Practices
- routine/s _____
- technique/s _____
- weapon/s _____
- partner/s _____

Observations
- physical progress _____
- mental progress _____
- today's mood _____
- strong points _____
- weak points _____
- instructor's advice _____

| **Month** | **Day** | *start time _____ end time _____* |

- primary goal _____
- secondary goal _____

Practices
- routine/s _____
- technique/s _____
- weapon/s _____
- partner/s _____

Observations
- physical progress _____
- mental progress _____
- today's mood _____
- strong points _____
- weak points _____
- instructor's advice _____

| **Month** | **Day** | *start time _____ end time _____* |

- primary goal _____
- secondary goal _____

Practices
- routine/s _____
- technique/s _____
- weapon/s _____
- partner/s _____

Observations
- physical progress _____
- mental progress _____
- today's mood _____
- strong points _____
- weak points _____
- instructor's advice _____

| **Month** | **Day** | *start time* _____ *end time* _____ |

- primary goal _____
- secondary goal _____

Practices
- routine/s _____
- technique/s _____
- weapon/s _____
- partner/s _____

Observations
- physical progress _____
- mental progress _____
- today's mood _____
- strong points _____
- weak points _____
- instructor's advice _____

| **Month** | **Day** | *start time* _____ *end time* _____ |

- primary goal _____
- secondary goal _____

Practices
- routine/s _____
- technique/s _____
- weapon/s _____
- partner/s _____

Observations
- physical progress _____
- mental progress _____
- today's mood _____
- strong points _____
- weak points _____
- instructor's advice _____

| **Month** | | **Day** | | *start time* _____ *end time* _____ |

- primary goal _____
- secondary goal _____

Practices
- routine/s _____
- technique/s _____
- weapon/s _____
- partner/s _____

Observations
- physical progress _____
- mental progress _____
- today's mood _____
- strong points _____
- weak points _____
- instructor's advice _____

| **Month** | | **Day** | | *start time* _____ *end time* _____ |

- primary goal _____
- secondary goal _____

Practices
- routine/s _____
- technique/s _____
- weapon/s _____
- partner/s _____

Observations
- physical progress _____
- mental progress _____
- today's mood _____
- strong points _____
- weak points _____
- instructor's advice _____

| **Month** | **Day** | *start time* _____ *end time* _____ |

- primary goal _____
- secondary goal _____

Practices
- routine/s _____
- technique/s _____
- weapon/s _____
- partner/s _____

Observations
- physical progress _____
- mental progress _____
- today's mood _____
- strong points _____
- weak points _____
- instructor's advice _____

| **Month** | **Day** | *start time* _____ *end time* _____ |

- primary goal _____
- secondary goal _____

Practices
- routine/s _____
- technique/s _____
- weapon/s _____
- partner/s _____

Observations
- physical progress _____
- mental progress _____
- today's mood _____
- strong points _____
- weak points _____
- instructor's advice _____

| **Month** | **Day** | *start time* _____ *end time* _____ |

- primary goal _____
- secondary goal _____

Practices
- routine/s _____
- technique/s _____
- weapon/s _____
- partner/s _____

Observations
- physical progress _____
- mental progress _____
- today's mood _____
- strong points _____
- weak points _____
- instructor's advice _____

| **Month** | **Day** | *start time* _____ *end time* _____ |

- primary goal _____
- secondary goal _____

Practices
- routine/s _____
- technique/s _____
- weapon/s _____
- partner/s _____

Observations
- physical progress _____
- mental progress _____
- today's mood _____
- strong points _____
- weak points _____
- instructor's advice _____

| **Month** | | **Day** | | *start time* _____ *end time* _____ |

- primary goal _____
- secondary goal _____

Practices
- routine/s _____
- technique/s _____
- weapon/s _____
- partner/s _____

Observations
- physical progress _____
- mental progress _____
- today's mood _____
- strong points _____
- weak points _____
- instructor's advice _____

| **Month** | | **Day** | | *start time* _____ *end time* _____ |

- primary goal _____
- secondary goal _____

Practices
- routine/s _____
- technique/s _____
- weapon/s _____
- partner/s _____

Observations
- physical progress _____
- mental progress _____
- today's mood _____
- strong points _____
- weak points _____
- instructor's advice _____

| **Month** | | **Day** | | *start time* _____ *end time* _____ |

- primary goal _____
- secondary goal _____

Practices
- routine/s _____
- technique/s _____
- weapon/s _____
- partner/s _____

Observations
- physical progress _____
- mental progress _____
- today's mood _____
- strong points _____
- weak points _____
- instructor's advice _____

| **Month** | | **Day** | | *start time* _____ *end time* _____ |

- primary goal _____
- secondary goal _____

Practices
- routine/s _____
- technique/s _____
- weapon/s _____
- partner/s _____

Observations
- physical progress _____
- mental progress _____
- today's mood _____
- strong points _____
- weak points _____
- instructor's advice _____

| **Month** | | **Day** | | *start time* _____ *end time* _____ |

- primary goal _____
- secondary goal _____

Practices
- routine/s _____
- technique/s _____
- weapon/s _____
- partner/s _____

Observations
- physical progress _____
- mental progress _____
- today's mood _____
- strong points _____
- weak points _____
- instructor's advice _____

| **Month** | | **Day** | | *start time* _____ *end time* _____ |

- primary goal _____
- secondary goal _____

Practices
- routine/s _____
- technique/s _____
- weapon/s _____
- partner/s _____

Observations
- physical progress _____
- mental progress _____
- today's mood _____
- strong points _____
- weak points _____
- instructor's advice _____

| **Month** | **Day** | *start time* _____ *end time* _____ |

- primary goal _____
- secondary goal _____

Practices
- routine/s _____
- technique/s _____
- weapon/s _____
- partner/s _____

Observations
- physical progress _____
- mental progress _____
- today's mood _____
- strong points _____
- weak points _____
- instructor's advice _____

| **Month** | **Day** | *start time* _____ *end time* _____ |

- primary goal _____
- secondary goal _____

Practices
- routine/s _____
- technique/s _____
- weapon/s _____
- partner/s _____

Observations
- physical progress _____
- mental progress _____
- today's mood _____
- strong points _____
- weak points _____
- instructor's advice _____

| **Month** | **Day** | *start time* _____ *end time* _____ |

- primary goal _____
- secondary goal _____

Practices
- routine/s _____
- technique/s _____
- weapon/s _____
- partner/s _____

Observations
- physical progress _____
- mental progress _____
- today's mood _____
- strong points _____
- weak points _____
- instructor's advice _____

| **Month** | **Day** | *start time* _____ *end time* _____ |

- primary goal _____
- secondary goal _____

Practices
- routine/s _____
- technique/s _____
- weapon/s _____
- partner/s _____

Observations
- physical progress _____
- mental progress _____
- today's mood _____
- strong points _____
- weak points _____
- instructor's advice _____

| **Month** | **Day** | *start time _____ end time _____* |

- primary goal _____
- secondary goal _____

Practices
- routine/s _____
- technique/s _____
- weapon/s _____
- partner/s _____

Observations
- physical progress _____
- mental progress _____
- today's mood _____
- strong points _____
- weak points _____
- instructor's advice _____

| **Month** | **Day** | *start time _____ end time _____* |

- primary goal _____
- secondary goal _____

Practices
- routine/s _____
- technique/s _____
- weapon/s _____
- partner/s _____

Observations
- physical progress _____
- mental progress _____
- today's mood _____
- strong points _____
- weak points _____
- instructor's advice _____

| **Month** | | **Day** | | *start time* _____ *end time* _____ |

- primary goal _____
- secondary goal _____

Practices
- routine/s _____
- technique/s _____
- weapon/s _____
- partner/s _____

Observations
- physical progress _____
- mental progress _____
- today's mood _____
- strong points _____
- weak points _____
- instructor's advice _____

| **Month** | | **Day** | | *start time* _____ *end time* _____ |

- primary goal _____
- secondary goal _____

Practices
- routine/s _____
- technique/s _____
- weapon/s _____
- partner/s _____

Observations
- physical progress _____
- mental progress _____
- today's mood _____
- strong points _____
- weak points _____
- instructor's advice _____

| **Month** | **Day** | *start time* _____ *end time* _____ |

- primary goal _____
- secondary goal _____

Practices
- routine/s _____
- technique/s _____
- weapon/s _____
- partner/s _____

Observations
- physical progress _____
- mental progress _____
- today's mood _____
- strong points _____
- weak points _____
- instructor's advice _____

| **Month** | **Day** | *start time* _____ *end time* _____ |

- primary goal _____
- secondary goal _____

Practices
- routine/s _____
- technique/s _____
- weapon/s _____
- partner/s _____

Observations
- physical progress _____
- mental progress _____
- today's mood _____
- strong points _____
- weak points _____
- instructor's advice _____

| **Month** | | **Day** | | *start time* _____ *end time* _____ |

- primary goal _____
- secondary goal _____

Practices
- routine/s _____
- technique/s _____
- weapon/s _____
- partner/s _____

Observations
- physical progress _____
- mental progress _____
- today's mood _____
- strong points _____
- weak points _____
- instructor's advice _____

| **Month** | | **Day** | | *start time* _____ *end time* _____ |

- primary goal _____
- secondary goal _____

Practices
- routine/s _____
- technique/s _____
- weapon/s _____
- partner/s _____

Observations
- physical progress _____
- mental progress _____
- today's mood _____
- strong points _____
- weak points _____
- instructor's advice _____

| **Month** | **Day** | *start time _____ end time _____* |

- primary goal _____
- secondary goal _____

Practices
- routine/s _____
- technique/s _____
- weapon/s _____
- partner/s _____

Observations
- physical progress _____
- mental progress _____
- today's mood _____
- strong points _____
- weak points _____
- instructor's advice _____

| **Month** | **Day** | *start time _____ end time _____* |

- primary goal _____
- secondary goal _____

Practices
- routine/s _____
- technique/s _____
- weapon/s _____
- partner/s _____

Observations
- physical progress _____
- mental progress _____
- today's mood _____
- strong points _____
- weak points _____
- instructor's advice _____

MONTH 5

"You must not fight too often with one enemy,
or you will teach him all your tricks of war."
~ Napoleon Bonaparte

| **Month** | | **Day** | | *start time* _____ *end time* _____ |

- primary goal _____
- secondary goal _____

Practices
- routine/s _____
- technique/s _____
- weapon/s _____
- partner/s _____

Observations
- physical progress _____
- mental progress _____
- today's mood _____
- strong points _____
- weak points _____
- instructor's advice _____

| **Month** | | **Day** | | *start time* _____ *end time* _____ |

- primary goal _____
- secondary goal _____

Practices
- routine/s _____
- technique/s _____
- weapon/s _____
- partner/s _____

Observations
- physical progress _____
- mental progress _____
- today's mood _____
- strong points _____
- weak points _____
- instructor's advice _____

Month _____ **Day** _____ *start time* _____ *end time* _____

- primary goal _____
- secondary goal _____

Practices
- routine/s _____
- technique/s _____
- weapon/s _____
- partner/s _____

Observations
- physical progress _____
- mental progress _____
- today's mood _____
- strong points _____
- weak points _____
- instructor's advice _____

Month _____ **Day** _____ *start time* _____ *end time* _____

- primary goal _____
- secondary goal _____

Practices
- routine/s _____
- technique/s _____
- weapon/s _____
- partner/s _____

Observations
- physical progress _____
- mental progress _____
- today's mood _____
- strong points _____
- weak points _____
- instructor's advice _____

| **Month** | **Day** | *start time* _____ *end time* _____ |

- primary goal _____
- secondary goal _____

Practices
- routine/s _____
- technique/s _____
- weapon/s _____
- partner/s _____

Observations
- physical progress _____
- mental progress _____
- today's mood _____
- strong points _____
- weak points _____
- instructor's advice _____

| **Month** | **Day** | *start time* _____ *end time* _____ |

- primary goal _____
- secondary goal _____

Practices
- routine/s _____
- technique/s _____
- weapon/s _____
- partner/s _____

Observations
- physical progress _____
- mental progress _____
- today's mood _____
- strong points _____
- weak points _____
- instructor's advice _____

| Month | | Day | | *start time* _____ *end time* _____ |

- primary goal _____
- secondary goal _____

Practices
- routine/s _____
- technique/s _____
- weapon/s _____
- partner/s _____

Observations
- physical progress _____
- mental progress _____
- today's mood _____
- strong points _____
- weak points _____
- instructor's advice _____

| Month | | Day | | *start time* _____ *end time* _____ |

- primary goal _____
- secondary goal _____

Practices
- routine/s _____
- technique/s _____
- weapon/s _____
- partner/s _____

Observations
- physical progress _____
- mental progress _____
- today's mood _____
- strong points _____
- weak points _____
- instructor's advice _____

| **Month** | **Day** | *start time* _____ *end time* _____ |

- primary goal _____
- secondary goal _____

Practices
- routine/s _____
- technique/s _____
- weapon/s _____
- partner/s _____

Observations
- physical progress _____
- mental progress _____
- today's mood _____
- strong points _____
- weak points _____
- instructor's advice _____

| **Month** | **Day** | *start time* _____ *end time* _____ |

- primary goal _____
- secondary goal _____

Practices
- routine/s _____
- technique/s _____
- weapon/s _____
- partner/s _____

Observations
- physical progress _____
- mental progress _____
- today's mood _____
- strong points _____
- weak points _____
- instructor's advice _____

| **Month** | | **Day** | | *start time* _____ *end time* _____ |

- primary goal _____
- secondary goal _____

Practices
- routine/s _____
- technique/s _____
- weapon/s _____
- partner/s _____

Observations
- physical progress _____
- mental progress _____
- today's mood _____
- strong points _____
- weak points _____
- instructor's advice _____

| **Month** | | **Day** | | *start time* _____ *end time* _____ |

- primary goal _____
- secondary goal _____

Practices
- routine/s _____
- technique/s _____
- weapon/s _____
- partner/s _____

Observations
- physical progress _____
- mental progress _____
- today's mood _____
- strong points _____
- weak points _____
- instructor's advice _____

| **Month** | | **Day** | | *start time* _____ *end time* _____ |

- primary goal _____
- secondary goal _____

Practices
- routine/s _____
- technique/s _____
- weapon/s _____
- partner/s _____

Observations
- physical progress _____
- mental progress _____
- today's mood _____
- strong points _____
- weak points _____
- instructor's advice _____

| **Month** | | **Day** | | *start time* _____ *end time* _____ |

- primary goal _____
- secondary goal _____

Practices
- routine/s _____
- technique/s _____
- weapon/s _____
- partner/s _____

Observations
- physical progress _____
- mental progress _____
- today's mood _____
- strong points _____
- weak points _____
- instructor's advice _____

| **Month** | **Day** | *start time* _____ *end time* _____ |

- primary goal _____
- secondary goal _____

Practices
- routine/s _____
- technique/s _____
- weapon/s _____
- partner/s _____

Observations
- physical progress _____
- mental progress _____
- today's mood _____
- strong points _____
- weak points _____
- instructor's advice _____

| **Month** | **Day** | *start time* _____ *end time* _____ |

- primary goal _____
- secondary goal _____

Practices
- routine/s _____
- technique/s _____
- weapon/s _____
- partner/s _____

Observations
- physical progress _____
- mental progress _____
- today's mood _____
- strong points _____
- weak points _____
- instructor's advice _____

| **Month** | **Day** | *start time* _____ *end time* _____ |

- primary goal _____
- secondary goal _____

Practices
- routine/s _____
- technique/s _____
- weapon/s _____
- partner/s _____

Observations
- physical progress _____
- mental progress _____
- today's mood _____
- strong points _____
- weak points _____
- instructor's advice _____

| **Month** | **Day** | *start time* _____ *end time* _____ |

- primary goal _____
- secondary goal _____

Practices
- routine/s _____
- technique/s _____
- weapon/s _____
- partner/s _____

Observations
- physical progress _____
- mental progress _____
- today's mood _____
- strong points _____
- weak points _____
- instructor's advice _____

| **Month** | | **Day** | | *start time* _____ *end time* _____ |

- primary goal _____
- secondary goal _____

Practices
- routine/s _____
- technique/s _____
- weapon/s _____
- partner/s _____

Observations
- physical progress _____
- mental progress _____
- today's mood _____
- strong points _____
- weak points _____
- instructor's advice _____

| **Month** | | **Day** | | *start time* _____ *end time* _____ |

- primary goal _____
- secondary goal _____

Practices
- routine/s _____
- technique/s _____
- weapon/s _____
- partner/s _____

Observations
- physical progress _____
- mental progress _____
- today's mood _____
- strong points _____
- weak points _____
- instructor's advice _____

| **Month** | **Day** | *start time* _____ *end time* _____ |

- primary goal _____
- secondary goal _____

Practices
- routine/s _____
- technique/s _____
- weapon/s _____
- partner/s _____

Observations
- physical progress _____
- mental progress _____
- today's mood _____
- strong points _____
- weak points _____
- instructor's advice _____

| **Month** | **Day** | *start time* _____ *end time* _____ |

- primary goal _____
- secondary goal _____

Practices
- routine/s _____
- technique/s _____
- weapon/s _____
- partner/s _____

Observations
- physical progress _____
- mental progress _____
- today's mood _____
- strong points _____
- weak points _____
- instructor's advice _____

| **Month** | | **Day** | | *start time* _____ *end time* _____ |

- primary goal _____
- secondary goal _____

Practices
- routine/s _____
- technique/s _____
- weapon/s _____
- partner/s _____

Observations
- physical progress _____
- mental progress _____
- today's mood _____
- strong points _____
- weak points _____
- instructor's advice _____

| **Month** | | **Day** | | *start time* _____ *end time* _____ |

- primary goal _____
- secondary goal _____

Practices
- routine/s _____
- technique/s _____
- weapon/s _____
- partner/s _____

Observations
- physical progress _____
- mental progress _____
- today's mood _____
- strong points _____
- weak points _____
- instructor's advice _____

| **Month** | | **Day** | | *start time* _____ *end time* _____ |

- primary goal _____
- secondary goal _____

Practices
- routine/s _____
- technique/s _____
- weapon/s _____
- partner/s _____

Observations
- physical progress _____
- mental progress _____
- today's mood _____
- strong points _____
- weak points _____
- instructor's advice _____

| **Month** | | **Day** | | *start time* _____ *end time* _____ |

- primary goal _____
- secondary goal _____

Practices
- routine/s _____
- technique/s _____
- weapon/s _____
- partner/s _____

Observations
- physical progress _____
- mental progress _____
- today's mood _____
- strong points _____
- weak points _____
- instructor's advice _____

| **Month** | **Day** | *start time* _____ *end time* _____ |

- primary goal _____
- secondary goal _____

Practices
- routine/s _____
- technique/s _____
- weapon/s _____
- partner/s _____

Observations
- physical progress _____
- mental progress _____
- today's mood _____
- strong points _____
- weak points _____
- instructor's advice _____

| **Month** | **Day** | *start time* _____ *end time* _____ |

- primary goal _____
- secondary goal _____

Practices
- routine/s _____
- technique/s _____
- weapon/s _____
- partner/s _____

Observations
- physical progress _____
- mental progress _____
- today's mood _____
- strong points _____
- weak points _____
- instructor's advice _____

| **Month** | **Day** | *start time _____ end time _____* |

- primary goal _____
- secondary goal _____

Practices
- routine/s _____
- technique/s _____
- weapon/s _____
- partner/s _____

Observations
- physical progress _____
- mental progress _____
- today's mood _____
- strong points _____
- weak points _____
- instructor's advice _____

| **Month** | **Day** | *start time _____ end time _____* |

- primary goal _____
- secondary goal _____

Practices
- routine/s _____
- technique/s _____
- weapon/s _____
- partner/s _____

Observations
- physical progress _____
- mental progress _____
- today's mood _____
- strong points _____
- weak points _____
- instructor's advice _____

| **Month** | | **Day** | | *start time* _____ *end time* _____ |

- primary goal _____
- secondary goal _____

Practices
- routine/s _____
- technique/s _____
- weapon/s _____
- partner/s _____

Observations
- physical progress _____
- mental progress _____
- today's mood _____
- strong points _____
- weak points _____
- instructor's advice _____

| **Month** | | **Day** | | *start time* _____ *end time* _____ |

- primary goal _____
- secondary goal _____

Practices
- routine/s _____
- technique/s _____
- weapon/s _____
- partner/s _____

Observations
- physical progress _____
- mental progress _____
- today's mood _____
- strong points _____
- weak points _____
- instructor's advice _____

MONTH 6

"The most persistent sound which reverberates through men's history is the beating of war drums."
~ Arthur Koestler

Month _____ **Day** _____ *start time* _____ *end time* _____

- primary goal _____
- secondary goal _____

Practices
- routine/s _____
- technique/s _____
- weapon/s _____
- partner/s _____

Observations
- physical progress _____
- mental progress _____
- today's mood _____
- strong points _____
- weak points _____
- instructor's advice _____

Month	**Day**	*start time* _____ *end time* _____

- primary goal _____
- secondary goal _____

Practices
- routine/s _____
- technique/s _____
- weapon/s _____
- partner/s _____

Observations
- physical progress _____
- mental progress _____
- today's mood _____
- strong points _____
- weak points _____
- instructor's advice _____

Month	**Day**	*start time* _____ *end time* _____

- primary goal _____
- secondary goal _____

Practices
- routine/s _____
- technique/s _____
- weapon/s _____
- partner/s _____

Observations
- physical progress _____
- mental progress _____
- today's mood _____
- strong points _____
- weak points _____
- instructor's advice _____

| **Month** | | **Day** | | *start time* _____ *end time* _____ |

- primary goal _____
- secondary goal _____

Practices
- routine/s _____
- technique/s _____
- weapon/s _____
- partner/s _____

Observations
- physical progress _____
- mental progress _____
- today's mood _____
- strong points _____
- weak points _____
- instructor's advice _____

| **Month** | | **Day** | | *start time* _____ *end time* _____ |

- primary goal _____
- secondary goal _____

Practices
- routine/s _____
- technique/s _____
- weapon/s _____
- partner/s _____

Observations
- physical progress _____
- mental progress _____
- today's mood _____
- strong points _____
- weak points _____
- instructor's advice _____

| **Month** | **Day** | *start time* _____ *end time* _____ |

- primary goal _____
- secondary goal _____

Practices
- routine/s _____
- technique/s _____
- weapon/s _____
- partner/s _____

Observations
- physical progress _____
- mental progress _____
- today's mood _____
- strong points _____
- weak points _____
- instructor's advice _____

| **Month** | **Day** | *start time* _____ *end time* _____ |

- primary goal _____
- secondary goal _____

Practices
- routine/s _____
- technique/s _____
- weapon/s _____
- partner/s _____

Observations
- physical progress _____
- mental progress _____
- today's mood _____
- strong points _____
- weak points _____
- instructor's advice _____

| **Month** | **Day** | *start time _____ end time _____* |

- primary goal _____
- secondary goal _____

Practices
- routine/s _____
- technique/s _____
- weapon/s _____
- partner/s _____

Observations
- physical progress _____
- mental progress _____
- today's mood _____
- strong points _____
- weak points _____
- instructor's advice _____

| **Month** | **Day** | *start time _____ end time _____* |

- primary goal _____
- secondary goal _____

Practices
- routine/s _____
- technique/s _____
- weapon/s _____
- partner/s _____

Observations
- physical progress _____
- mental progress _____
- today's mood _____
- strong points _____
- weak points _____
- instructor's advice _____

| **Month** | | **Day** | | *start time* _____ *end time* _____ |

- primary goal _____
- secondary goal _____

Practices
- routine/s _____
- technique/s _____
- weapon/s _____
- partner/s _____

Observations
- physical progress _____
- mental progress _____
- today's mood _____
- strong points _____
- weak points _____
- instructor's advice _____

| **Month** | | **Day** | | *start time* _____ *end time* _____ |

- primary goal _____
- secondary goal _____

Practices
- routine/s _____
- technique/s _____
- weapon/s _____
- partner/s _____

Observations
- physical progress _____
- mental progress _____
- today's mood _____
- strong points _____
- weak points _____
- instructor's advice _____

| **Month** | | **Day** | | *start time* _____ *end time* _____ |

- primary goal _____
- secondary goal _____

Practices
- routine/s _____
- technique/s _____
- weapon/s _____
- partner/s _____

Observations
- physical progress _____
- mental progress _____
- today's mood _____
- strong points _____
- weak points _____
- instructor's advice _____

| **Month** | | **Day** | | *start time* _____ *end time* _____ |

- primary goal _____
- secondary goal _____

Practices
- routine/s _____
- technique/s _____
- weapon/s _____
- partner/s _____

Observations
- physical progress _____
- mental progress _____
- today's mood _____
- strong points _____
- weak points _____
- instructor's advice _____

| **Month** | **Day** | *start time* _____ *end time* _____ |

- primary goal   _____
- secondary goal _____

Practices
- routine/s   _____
- technique/s _____
- weapon/s   _____
- partner/s   _____

Observations
- physical progress _____
- mental progress   _____
- today's mood   _____
- strong points   _____
- weak points   _____
- instructor's advice _____

| **Month** | **Day** | *start time* _____ *end time* _____ |

- primary goal   _____
- secondary goal _____

Practices
- routine/s   _____
- technique/s _____
- weapon/s   _____
- partner/s   _____

Observations
- physical progress _____
- mental progress   _____
- today's mood   _____
- strong points   _____
- weak points   _____
- instructor's advice _____

| **Month** | **Day** | *start time* _____ *end time* _____ |

- primary goal _____
- secondary goal _____

Practices
- routine/s _____
- technique/s _____
- weapon/s _____
- partner/s _____

Observations
- physical progress _____
- mental progress _____
- today's mood _____
- strong points _____
- weak points _____
- instructor's advice _____

| **Month** | **Day** | *start time* _____ *end time* _____ |

- primary goal _____
- secondary goal _____

Practices
- routine/s _____
- technique/s _____
- weapon/s _____
- partner/s _____

Observations
- physical progress _____
- mental progress _____
- today's mood _____
- strong points _____
- weak points _____
- instructor's advice _____

| **Month** | | **Day** | | *start time* _____ *end time* _____ |

- primary goal _____
- secondary goal _____

Practices
- routine/s _____
- technique/s _____
- weapon/s _____
- partner/s _____

Observations
- physical progress _____
- mental progress _____
- today's mood _____
- strong points _____
- weak points _____
- instructor's advice _____

| **Month** | | **Day** | | *start time* _____ *end time* _____ |

- primary goal _____
- secondary goal _____

Practices
- routine/s _____
- technique/s _____
- weapon/s _____
- partner/s _____

Observations
- physical progress _____
- mental progress _____
- today's mood _____
- strong points _____
- weak points _____
- instructor's advice _____

| **Month** | **Day** | *start time* _____ *end time* _____ |

- primary goal _____
- secondary goal _____

Practices
- routine/s _____
- technique/s _____
- weapon/s _____
- partner/s _____

Observations
- physical progress _____
- mental progress _____
- today's mood _____
- strong points _____
- weak points _____
- instructor's advice _____

| **Month** | **Day** | *start time* _____ *end time* _____ |

- primary goal _____
- secondary goal _____

Practices
- routine/s _____
- technique/s _____
- weapon/s _____
- partner/s _____

Observations
- physical progress _____
- mental progress _____
- today's mood _____
- strong points _____
- weak points _____
- instructor's advice _____

| **Month** | **Day** | *start time _____ end time _____* |

- primary goal _____
- secondary goal _____

Practices
- routine/s _____
- technique/s _____
- weapon/s _____
- partner/s _____

Observations
- physical progress _____
- mental progress _____
- today's mood _____
- strong points _____
- weak points _____
- instructor's advice _____

| **Month** | **Day** | *start time _____ end time _____* |

- primary goal _____
- secondary goal _____

Practices
- routine/s _____
- technique/s _____
- weapon/s _____
- partner/s _____

Observations
- physical progress _____
- mental progress _____
- today's mood _____
- strong points _____
- weak points _____
- instructor's advice _____

| **Month** | **Day** | *start time _____ end time _____* |

- primary goal _____
- secondary goal _____

Practices
- routine/s _____
- technique/s _____
- weapon/s _____
- partner/s _____

Observations
- physical progress _____
- mental progress _____
- today's mood _____
- strong points _____
- weak points _____
- instructor's advice _____

| **Month** | **Day** | *start time _____ end time _____* |

- primary goal _____
- secondary goal _____

Practices
- routine/s _____
- technique/s _____
- weapon/s _____
- partner/s _____

Observations
- physical progress _____
- mental progress _____
- today's mood _____
- strong points _____
- weak points _____
- instructor's advice _____

| **Month** | **Day** | *start time* _____ *end time* _____ |

- primary goal _____
- secondary goal _____

Practices
- routine/s _____
- technique/s _____
- weapon/s _____
- partner/s _____

Observations
- physical progress _____
- mental progress _____
- today's mood _____
- strong points _____
- weak points _____
- instructor's advice _____

| **Month** | **Day** | *start time* _____ *end time* _____ |

- primary goal _____
- secondary goal _____

Practices
- routine/s _____
- technique/s _____
- weapon/s _____
- partner/s _____

Observations
- physical progress _____
- mental progress _____
- today's mood _____
- strong points _____
- weak points _____
- instructor's advice _____

Month _____ **Day** _____ *start time* _____ *end time* _____

- primary goal _____
- secondary goal _____

Practices
- routine/s _____
- technique/s _____
- weapon/s _____
- partner/s _____

Observations
- physical progress _____
- mental progress _____
- today's mood _____
- strong points _____
- weak points _____
- instructor's advice _____

Month _____ **Day** _____ *start time* _____ *end time* _____

- primary goal _____
- secondary goal _____

Practices
- routine/s _____
- technique/s _____
- weapon/s _____
- partner/s _____

Observations
- physical progress _____
- mental progress _____
- today's mood _____
- strong points _____
- weak points _____
- instructor's advice _____

| **Month** | | **Day** | | *start time* _____ *end time* _____ |

- primary goal _____
- secondary goal _____

Practices
- routine/s _____
- technique/s _____
- weapon/s _____
- partner/s _____

Observations
- physical progress _____
- mental progress _____
- today's mood _____
- strong points _____
- weak points _____
- instructor's advice _____

| **Month** | | **Day** | | *start time* _____ *end time* _____ |

- primary goal _____
- secondary goal _____

Practices
- routine/s _____
- technique/s _____
- weapon/s _____
- partner/s _____

Observations
- physical progress _____
- mental progress _____
- today's mood _____
- strong points _____
- weak points _____
- instructor's advice _____

MONTH 7

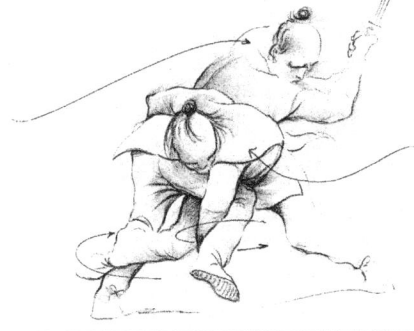

"When an excessive number of sword moves
are taught, it must be to commercialize the art
and impress beginners with knowledge
of many moves with a sword.
This attitude is to be avoided in military science.
~ Miyamoto Musashi

| **Month** | | **Day** | | *start time* _____ *end time* _____ |

- primary goal _____
- secondary goal _____

Practices
- routine/s _____
- technique/s _____
- weapon/s _____
- partner/s _____

Observations
- physical progress _____
- mental progress _____
- today's mood _____
- strong points _____
- weak points _____
- instructor's advice _____

| **Month** | | **Day** | | *start time* _____ *end time* _____ |

- primary goal _____
- secondary goal _____

Practices
- routine/s _____
- technique/s _____
- weapon/s _____
- partner/s _____

Observations
- physical progress _____
- mental progress _____
- today's mood _____
- strong points _____
- weak points _____
- instructor's advice _____

| **Month** | **Day** | *start time* _____ *end time* _____ |

- primary goal _____
- secondary goal _____

Practices
- routine/s _____
- technique/s _____
- weapon/s _____
- partner/s _____

Observations
- physical progress _____
- mental progress _____
- today's mood _____
- strong points _____
- weak points _____
- instructor's advice _____

| **Month** | **Day** | *start time* _____ *end time* _____ |

- primary goal _____
- secondary goal _____

Practices
- routine/s _____
- technique/s _____
- weapon/s _____
- partner/s _____

Observations
- physical progress _____
- mental progress _____
- today's mood _____
- strong points _____
- weak points _____
- instructor's advice _____

| **Month** | **Day** | *start time* _____ *end time* _____ |

- primary goal _____
- secondary goal _____

Practices
- routine/s _____
- technique/s _____
- weapon/s _____
- partner/s _____

Observations
- physical progress _____
- mental progress _____
- today's mood _____
- strong points _____
- weak points _____
- instructor's advice _____

| **Month** | **Day** | *start time* _____ *end time* _____ |

- primary goal _____
- secondary goal _____

Practices
- routine/s _____
- technique/s _____
- weapon/s _____
- partner/s _____

Observations
- physical progress _____
- mental progress _____
- today's mood _____
- strong points _____
- weak points _____
- instructor's advice _____

Month		**Day**		*start time* _____ *end time* _____

- primary goal _____
- secondary goal _____

Practices
- routine/s _____
- technique/s _____
- weapon/s _____
- partner/s _____

Observations
- physical progress _____
- mental progress _____
- today's mood _____
- strong points _____
- weak points _____
- instructor's advice _____

Month		**Day**		*start time* _____ *end time* _____

- primary goal _____
- secondary goal _____

Practices
- routine/s _____
- technique/s _____
- weapon/s _____
- partner/s _____

Observations
- physical progress _____
- mental progress _____
- today's mood _____
- strong points _____
- weak points _____
- instructor's advice _____

Month		**Day**		*start time* _____ *end time* _____

- primary goal _____
- secondary goal _____

Practices
- routine/s _____
- technique/s _____
- weapon/s _____
- partner/s _____

Observations
- physical progress _____
- mental progress _____
- today's mood _____
- strong points _____
- weak points _____
- instructor's advice _____

Month		**Day**		*start time* _____ *end time* _____

- primary goal _____
- secondary goal _____

Practices
- routine/s _____
- technique/s _____
- weapon/s _____
- partner/s _____

Observations
- physical progress _____
- mental progress _____
- today's mood _____
- strong points _____
- weak points _____
- instructor's advice _____

| **Month** | **Day** | *start time* _____ *end time* _____ |

- primary goal _____
- secondary goal _____

Practices
- routine/s _____
- technique/s _____
- weapon/s _____
- partner/s _____

Observations
- physical progress _____
- mental progress _____
- today's mood _____
- strong points _____
- weak points _____
- instructor's advice _____

| **Month** | **Day** | *start time* _____ *end time* _____ |

- primary goal _____
- secondary goal _____

Practices
- routine/s _____
- technique/s _____
- weapon/s _____
- partner/s _____

Observations
- physical progress _____
- mental progress _____
- today's mood _____
- strong points _____
- weak points _____
- instructor's advice _____

| **Month** | | **Day** | | *start time* _____ *end time* _____ |

- primary goal   _____
- secondary goal _____

Practices
- routine/s   _____
- technique/s _____
- weapon/s   _____
- partner/s   _____

Observations
- physical progress _____
- mental progress   _____
- today's mood   _____
- strong points   _____
- weak points   _____
- instructor's advice _____

| **Month** | | **Day** | | *start time* _____ *end time* _____ |

- primary goal   _____
- secondary goal _____

Practices
- routine/s   _____
- technique/s _____
- weapon/s   _____
- partner/s   _____

Observations
- physical progress _____
- mental progress   _____
- today's mood   _____
- strong points   _____
- weak points   _____
- instructor's advice _____

Month   **Day**   *start time* _____ *end time* _____

- primary goal   _____
- secondary goal _____

Practices
- routine/s   _____
- technique/s   _____
- weapon/s   _____
- partner/s   _____

Observations
- physical progress _____
- mental progress   _____
- today's mood   _____
- strong points   _____
- weak points   _____
- instructor's advice _____

Month   **Day**   *start time* _____ *end time* _____

- primary goal   _____
- secondary goal _____

Practices
- routine/s   _____
- technique/s   _____
- weapon/s   _____
- partner/s   _____

Observations
- physical progress _____
- mental progress   _____
- today's mood   _____
- strong points   _____
- weak points   _____
- instructor's advice _____

| **Month** | **Day** | *start time* _____ *end time* _____ |

- primary goal _____
- secondary goal _____

Practices
- routine/s _____
- technique/s _____
- weapon/s _____
- partner/s _____

Observations
- physical progress _____
- mental progress _____
- today's mood _____
- strong points _____
- weak points _____
- instructor's advice _____

| **Month** | **Day** | *start time* _____ *end time* _____ |

- primary goal _____
- secondary goal _____

Practices
- routine/s _____
- technique/s _____
- weapon/s _____
- partner/s _____

Observations
- physical progress _____
- mental progress _____
- today's mood _____
- strong points _____
- weak points _____
- instructor's advice _____

| **Month** | | **Day** | | *start time* _____ *end time* _____ |

- primary goal _____
- secondary goal _____

Practices
- routine/s _____
- technique/s _____
- weapon/s _____
- partner/s _____

Observations
- physical progress _____
- mental progress _____
- today's mood _____
- strong points _____
- weak points _____
- instructor's advice _____

| **Month** | | **Day** | | *start time* _____ *end time* _____ |

- primary goal _____
- secondary goal _____

Practices
- routine/s _____
- technique/s _____
- weapon/s _____
- partner/s _____

Observations
- physical progress _____
- mental progress _____
- today's mood _____
- strong points _____
- weak points _____
- instructor's advice _____

| **Month** | | **Day** | | *start time* _____ *end time* _____ |

- primary goal _____
- secondary goal _____

Practices
- routine/s _____
- technique/s _____
- weapon/s _____
- partner/s _____

Observations
- physical progress _____
- mental progress _____
- today's mood _____
- strong points _____
- weak points _____
- instructor's advice _____

| **Month** | | **Day** | | *start time* _____ *end time* _____ |

- primary goal _____
- secondary goal _____

Practices
- routine/s _____
- technique/s _____
- weapon/s _____
- partner/s _____

Observations
- physical progress _____
- mental progress _____
- today's mood _____
- strong points _____
- weak points _____
- instructor's advice _____

Month   **Day**   *start time* _____ *end time* _____

- primary goal _____
- secondary goal _____

Practices
- routine/s _____
- technique/s _____
- weapon/s _____
- partner/s _____

Observations
- physical progress _____
- mental progress _____
- today's mood _____
- strong points _____
- weak points _____
- instructor's advice _____

Month   **Day**   *start time* _____ *end time* _____

- primary goal _____
- secondary goal _____

Practices
- routine/s _____
- technique/s _____
- weapon/s _____
- partner/s _____

Observations
- physical progress _____
- mental progress _____
- today's mood _____
- strong points _____
- weak points _____
- instructor's advice _____

| **Month** | **Day** | *start time* _____ *end time* _____ |

- primary goal _____
- secondary goal _____

Practices
- routine/s _____
- technique/s _____
- weapon/s _____
- partner/s _____

Observations
- physical progress _____
- mental progress _____
- today's mood _____
- strong points _____
- weak points _____
- instructor's advice _____

| **Month** | **Day** | *start time* _____ *end time* _____ |

- primary goal _____
- secondary goal _____

Practices
- routine/s _____
- technique/s _____
- weapon/s _____
- partner/s _____

Observations
- physical progress _____
- mental progress _____
- today's mood _____
- strong points _____
- weak points _____
- instructor's advice _____

| **Month** | **Day** | *start time* _____ *end time* _____ |

- primary goal _____
- secondary goal _____

Practices
- routine/s _____
- technique/s _____
- weapon/s _____
- partner/s _____

Observations
- physical progress _____
- mental progress _____
- today's mood _____
- strong points _____
- weak points _____
- instructor's advice _____

| **Month** | **Day** | *start time* _____ *end time* _____ |

- primary goal _____
- secondary goal _____

Practices
- routine/s _____
- technique/s _____
- weapon/s _____
- partner/s _____

Observations
- physical progress _____
- mental progress _____
- today's mood _____
- strong points _____
- weak points _____
- instructor's advice _____

| **Month** | **Day** | *start time _____ end time _____* |

- primary goal _____
- secondary goal _____

Practices
- routine/s _____
- technique/s _____
- weapon/s _____
- partner/s _____

Observations
- physical progress _____
- mental progress _____
- today's mood _____
- strong points _____
- weak points _____
- instructor's advice _____

| **Month** | **Day** | *start time _____ end time _____* |

- primary goal _____
- secondary goal _____

Practices
- routine/s _____
- technique/s _____
- weapon/s _____
- partner/s _____

Observations
- physical progress _____
- mental progress _____
- today's mood _____
- strong points _____
- weak points _____
- instructor's advice _____

| **Month** | | **Day** | | start time _____ end time _____ |

- primary goal _____
- secondary goal _____

Practices
- routine/s _____
- technique/s _____
- weapon/s _____
- partner/s _____

Observations
- physical progress _____
- mental progress _____
- today's mood _____
- strong points _____
- weak points _____
- instructor's advice _____

| **Month** | | **Day** | | start time _____ end time _____ |

- primary goal _____
- secondary goal _____

Practices
- routine/s _____
- technique/s _____
- weapon/s _____
- partner/s _____

Observations
- physical progress _____
- mental progress _____
- today's mood _____
- strong points _____
- weak points _____
- instructor's advice _____

MONTH 8

"Force has no place
where there is need of skill."
~ Herodotus

Month ☐ **Day** ☐ *start time* _____ *end time* _____

- primary goal _____
- secondary goal _____

Practices
- routine/s _____
- technique/s _____
- weapon/s _____
- partner/s _____

Observations
- physical progress _____
- mental progress _____
- today's mood _____
- strong points _____
- weak points _____
- instructor's advice _____

Month ☐ **Day** ☐ *start time* _____ *end time* _____

- primary goal _____
- secondary goal _____

Practices
- routine/s _____
- technique/s _____
- weapon/s _____
- partner/s _____

Observations
- physical progress _____
- mental progress _____
- today's mood _____
- strong points _____
- weak points _____
- instructor's advice _____

| **Month** | **Day** | *start time* _____ *end time* _____ |

- primary goal _____
- secondary goal _____

Practices
- routine/s _____
- technique/s _____
- weapon/s _____
- partner/s _____

Observations
- physical progress _____
- mental progress _____
- today's mood _____
- strong points _____
- weak points _____
- instructor's advice _____

| **Month** | **Day** | *start time* _____ *end time* _____ |

- primary goal _____
- secondary goal _____

Practices
- routine/s _____
- technique/s _____
- weapon/s _____
- partner/s _____

Observations
- physical progress _____
- mental progress _____
- today's mood _____
- strong points _____
- weak points _____
- instructor's advice _____

| **Month** | **Day** | *start time* _____ *end time* _____ |

- primary goal _____
- secondary goal _____

Practices
- routine/s _____
- technique/s _____
- weapon/s _____
- partner/s _____

Observations
- physical progress _____
- mental progress _____
- today's mood _____
- strong points _____
- weak points _____
- instructor's advice _____

| **Month** | **Day** | *start time* _____ *end time* _____ |

- primary goal _____
- secondary goal _____

Practices
- routine/s _____
- technique/s _____
- weapon/s _____
- partner/s _____

Observations
- physical progress _____
- mental progress _____
- today's mood _____
- strong points _____
- weak points _____
- instructor's advice _____

| **Month** | **Day** | *start time* _____ *end time* _____ |

- primary goal _____
- secondary goal _____

Practices
- routine/s _____
- technique/s _____
- weapon/s _____
- partner/s _____

Observations
- physical progress _____
- mental progress _____
- today's mood _____
- strong points _____
- weak points _____
- instructor's advice _____

| **Month** | **Day** | *start time* _____ *end time* _____ |

- primary goal _____
- secondary goal _____

Practices
- routine/s _____
- technique/s _____
- weapon/s _____
- partner/s _____

Observations
- physical progress _____
- mental progress _____
- today's mood _____
- strong points _____
- weak points _____
- instructor's advice _____

| **Month** | **Day** | *start time _____ end time _____* |

- primary goal _____
- secondary goal _____

Practices
- routine/s _____
- technique/s _____
- weapon/s _____
- partner/s _____

Observations
- physical progress _____
- mental progress _____
- today's mood _____
- strong points _____
- weak points _____
- instructor's advice _____

| **Month** | **Day** | *start time _____ end time _____* |

- primary goal _____
- secondary goal _____

Practices
- routine/s _____
- technique/s _____
- weapon/s _____
- partner/s _____

Observations
- physical progress _____
- mental progress _____
- today's mood _____
- strong points _____
- weak points _____
- instructor's advice _____

| **Month** | | **Day** | | *start time* _____ *end time* _____ |

- primary goal _____
- secondary goal _____

Practices
- routine/s _____
- technique/s _____
- weapon/s _____
- partner/s _____

Observations
- physical progress _____
- mental progress _____
- today's mood _____
- strong points _____
- weak points _____
- instructor's advice _____

| **Month** | | **Day** | | *start time* _____ *end time* _____ |

- primary goal _____
- secondary goal _____

Practices
- routine/s _____
- technique/s _____
- weapon/s _____
- partner/s _____

Observations
- physical progress _____
- mental progress _____
- today's mood _____
- strong points _____
- weak points _____
- instructor's advice _____

| **Month** | **Day** | *start time* _____ *end time* _____ |

- primary goal _____
- secondary goal _____

Practices
- routine/s _____
- technique/s _____
- weapon/s _____
- partner/s _____

Observations
- physical progress _____
- mental progress _____
- today's mood _____
- strong points _____
- weak points _____
- instructor's advice _____

| **Month** | **Day** | *start time* _____ *end time* _____ |

- primary goal _____
- secondary goal _____

Practices
- routine/s _____
- technique/s _____
- weapon/s _____
- partner/s _____

Observations
- physical progress _____
- mental progress _____
- today's mood _____
- strong points _____
- weak points _____
- instructor's advice _____

| **Month** | **Day** | *start time* _____ *end time* _____ |

- primary goal _____
- secondary goal _____

Practices
- routine/s _____
- technique/s _____
- weapon/s _____
- partner/s _____

Observations
- physical progress _____
- mental progress _____
- today's mood _____
- strong points _____
- weak points _____
- instructor's advice _____

| **Month** | **Day** | *start time* _____ *end time* _____ |

- primary goal _____
- secondary goal _____

Practices
- routine/s _____
- technique/s _____
- weapon/s _____
- partner/s _____

Observations
- physical progress _____
- mental progress _____
- today's mood _____
- strong points _____
- weak points _____
- instructor's advice _____

| **Month** | **Day** | *start time* _____ *end time* _____ |

- primary goal _____
- secondary goal _____

Practices
- routine/s _____
- technique/s _____
- weapon/s _____
- partner/s _____

Observations
- physical progress _____
- mental progress _____
- today's mood _____
- strong points _____
- weak points _____
- instructor's advice _____

| **Month** | **Day** | *start time* _____ *end time* _____ |

- primary goal _____
- secondary goal _____

Practices
- routine/s _____
- technique/s _____
- weapon/s _____
- partner/s _____

Observations
- physical progress _____
- mental progress _____
- today's mood _____
- strong points _____
- weak points _____
- instructor's advice _____

| **Month** | **Day** | *start time* _____ *end time* _____ |

- primary goal _____
- secondary goal _____

Practices
- routine/s _____
- technique/s _____
- weapon/s _____
- partner/s _____

Observations
- physical progress _____
- mental progress _____
- today's mood _____
- strong points _____
- weak points _____
- instructor's advice _____

| **Month** | **Day** | *start time* _____ *end time* _____ |

- primary goal _____
- secondary goal _____

Practices
- routine/s _____
- technique/s _____
- weapon/s _____
- partner/s _____

Observations
- physical progress _____
- mental progress _____
- today's mood _____
- strong points _____
- weak points _____
- instructor's advice _____

| **Month** | **Day** | *start time* _____ *end time* _____ |

- primary goal _____
- secondary goal _____

Practices
- routine/s _____
- technique/s _____
- weapon/s _____
- partner/s _____

Observations
- physical progress _____
- mental progress _____
- today's mood _____
- strong points _____
- weak points _____
- instructor's advice _____

| **Month** | **Day** | *start time* _____ *end time* _____ |

- primary goal _____
- secondary goal _____

Practices
- routine/s _____
- technique/s _____
- weapon/s _____
- partner/s _____

Observations
- physical progress _____
- mental progress _____
- today's mood _____
- strong points _____
- weak points _____
- instructor's advice _____

| **Month** | | **Day** | | *start time* _____ *end time* _____ |

- primary goal   _____
- secondary goal _____

Practices
- routine/s   _____
- technique/s   _____
- weapon/s   _____
- partner/s   _____

Observations
- physical progress   _____
- mental progress   _____
- today's mood   _____
- strong points   _____
- weak points   _____
- instructor's advice _____

| **Month** | | **Day** | | *start time* _____ *end time* _____ |

- primary goal   _____
- secondary goal _____

Practices
- routine/s   _____
- technique/s   _____
- weapon/s   _____
- partner/s   _____

Observations
- physical progress   _____
- mental progress   _____
- today's mood   _____
- strong points   _____
- weak points   _____
- instructor's advice _____

| **Month** | **Day** | *start time _____ end time _____* |

- primary goal _____
- secondary goal _____

Practices
- routine/s _____
- technique/s _____
- weapon/s _____
- partner/s _____

Observations
- physical progress _____
- mental progress _____
- today's mood _____
- strong points _____
- weak points _____
- instructor's advice _____

| **Month** | **Day** | *start time _____ end time _____* |

- primary goal _____
- secondary goal _____

Practices
- routine/s _____
- technique/s _____
- weapon/s _____
- partner/s _____

Observations
- physical progress _____
- mental progress _____
- today's mood _____
- strong points _____
- weak points _____
- instructor's advice _____

| Month | Day | *start time* _____ *end time* _____ |

- primary goal _____
- secondary goal _____

Practices
- routine/s _____
- technique/s _____
- weapon/s _____
- partner/s _____

Observations
- physical progress _____
- mental progress _____
- today's mood _____
- strong points _____
- weak points _____
- instructor's advice _____

| Month | Day | *start time* _____ *end time* _____ |

- primary goal _____
- secondary goal _____

Practices
- routine/s _____
- technique/s _____
- weapon/s _____
- partner/s _____

Observations
- physical progress _____
- mental progress _____
- today's mood _____
- strong points _____
- weak points _____
- instructor's advice _____

| **Month** | | **Day** | | *start time* _____ *end time* _____ |

- primary goal _____
- secondary goal _____

Practices
- routine/s _____
- technique/s _____
- weapon/s _____
- partner/s _____

Observations
- physical progress _____
- mental progress _____
- today's mood _____
- strong points _____
- weak points _____
- instructor's advice _____

| **Month** | | **Day** | | *start time* _____ *end time* _____ |

- primary goal _____
- secondary goal _____

Practices
- routine/s _____
- technique/s _____
- weapon/s _____
- partner/s _____

Observations
- physical progress _____
- mental progress _____
- today's mood _____
- strong points _____
- weak points _____
- instructor's advice _____

| **Month** | **Day** | *start time* _____ *end time* _____ |

- primary goal _____
- secondary goal _____

Practices
- routine/s _____
- technique/s _____
- weapon/s _____
- partner/s _____

Observations
- physical progress _____
- mental progress _____
- today's mood _____
- strong points _____
- weak points _____
- instructor's advice _____

| **Month** | **Day** | *start time* _____ *end time* _____ |

- primary goal _____
- secondary goal _____

Practices
- routine/s _____
- technique/s _____
- weapon/s _____
- partner/s _____

Observations
- physical progress _____
- mental progress _____
- today's mood _____
- strong points _____
- weak points _____
- instructor's advice _____

MONTH 9

"An enemy should be struck at his weak point."
~ Chanakya

Month _____ **Day** _____ start time _____ end time _____

- primary goal _____
- secondary goal _____

Practices
- routine/s _____
- technique/s _____
- weapon/s _____
- partner/s _____

Observations
- physical progress _____
- mental progress _____
- today's mood _____
- strong points _____
- weak points _____
- instructor's advice _____

| **Month** | | **Day** | | *start time* _____ *end time* _____ |

- primary goal _____
- secondary goal _____

Practices
- routine/s _____
- technique/s _____
- weapon/s _____
- partner/s _____

Observations
- physical progress _____
- mental progress _____
- today's mood _____
- strong points _____
- weak points _____
- instructor's advice _____

| **Month** | | **Day** | | *start time* _____ *end time* _____ |

- primary goal _____
- secondary goal _____

Practices
- routine/s _____
- technique/s _____
- weapon/s _____
- partner/s _____

Observations
- physical progress _____
- mental progress _____
- today's mood _____
- strong points _____
- weak points _____
- instructor's advice _____

| **Month** | **Day** | *start time* _____ *end time* _____ |

- primary goal _____
- secondary goal _____

Practices
- routine/s _____
- technique/s _____
- weapon/s _____
- partner/s _____

Observations
- physical progress _____
- mental progress _____
- today's mood _____
- strong points _____
- weak points _____
- instructor's advice _____

| **Month** | **Day** | *start time* _____ *end time* _____ |

- primary goal _____
- secondary goal _____

Practices
- routine/s _____
- technique/s _____
- weapon/s _____
- partner/s _____

Observations
- physical progress _____
- mental progress _____
- today's mood _____
- strong points _____
- weak points _____
- instructor's advice _____

| **Month** | **Day** | *start time _____ end time _____* |

- primary goal _____
- secondary goal _____

Practices
- routine/s _____
- technique/s _____
- weapon/s _____
- partner/s _____

Observations
- physical progress _____
- mental progress _____
- today's mood _____
- strong points _____
- weak points _____
- instructor's advice _____

| **Month** | **Day** | *start time _____ end time _____* |

- primary goal _____
- secondary goal _____

Practices
- routine/s _____
- technique/s _____
- weapon/s _____
- partner/s _____

Observations
- physical progress _____
- mental progress _____
- today's mood _____
- strong points _____
- weak points _____
- instructor's advice _____

| **Month** | **Day** | *start time* _____ *end time* _____ |

- primary goal _____
- secondary goal _____

Practices
- routine/s _____
- technique/s _____
- weapon/s _____
- partner/s _____

Observations
- physical progress _____
- mental progress _____
- today's mood _____
- strong points _____
- weak points _____
- instructor's advice _____

| **Month** | **Day** | *start time* _____ *end time* _____ |

- primary goal _____
- secondary goal _____

Practices
- routine/s _____
- technique/s _____
- weapon/s _____
- partner/s _____

Observations
- physical progress _____
- mental progress _____
- today's mood _____
- strong points _____
- weak points _____
- instructor's advice _____

| **Month** | **Day** | *start time* _____ *end time* _____ |

- primary goal _____
- secondary goal _____

Practices
- routine/s _____
- technique/s _____
- weapon/s _____
- partner/s _____

Observations
- physical progress _____
- mental progress _____
- today's mood _____
- strong points _____
- weak points _____
- instructor's advice _____

| **Month** | **Day** | *start time* _____ *end time* _____ |

- primary goal _____
- secondary goal _____

Practices
- routine/s _____
- technique/s _____
- weapon/s _____
- partner/s _____

Observations
- physical progress _____
- mental progress _____
- today's mood _____
- strong points _____
- weak points _____
- instructor's advice _____

| **Month** | **Day** | *start time _____ end time _____* |

- primary goal _____
- secondary goal _____

Practices
- routine/s _____
- technique/s _____
- weapon/s _____
- partner/s _____

Observations
- physical progress _____
- mental progress _____
- today's mood _____
- strong points _____
- weak points _____
- instructor's advice _____

| **Month** | **Day** | *start time _____ end time _____* |

- primary goal _____
- secondary goal _____

Practices
- routine/s _____
- technique/s _____
- weapon/s _____
- partner/s _____

Observations
- physical progress _____
- mental progress _____
- today's mood _____
- strong points _____
- weak points _____
- instructor's advice _____

| **Month** | | **Day** | | *start time* _____ *end time* _____ |

- primary goal _____
- secondary goal _____

Practices
- routine/s _____
- technique/s _____
- weapon/s _____
- partner/s _____

Observations
- physical progress _____
- mental progress _____
- today's mood _____
- strong points _____
- weak points _____
- instructor's advice _____

| **Month** | | **Day** | | *start time* _____ *end time* _____ |

- primary goal _____
- secondary goal _____

Practices
- routine/s _____
- technique/s _____
- weapon/s _____
- partner/s _____

Observations
- physical progress _____
- mental progress _____
- today's mood _____
- strong points _____
- weak points _____
- instructor's advice _____

| **Month** | **Day** | *start time* _____ *end time* _____ |

- primary goal _____
- secondary goal _____

Practices
- routine/s _____
- technique/s _____
- weapon/s _____
- partner/s _____

Observations
- physical progress _____
- mental progress _____
- today's mood _____
- strong points _____
- weak points _____
- instructor's advice _____

| **Month** | **Day** | *start time* _____ *end time* _____ |

- primary goal _____
- secondary goal _____

Practices
- routine/s _____
- technique/s _____
- weapon/s _____
- partner/s _____

Observations
- physical progress _____
- mental progress _____
- today's mood _____
- strong points _____
- weak points _____
- instructor's advice _____

| **Month** | | **Day** | | *start time* _____ *end time* _____ |

- primary goal _____
- secondary goal _____

Practices
- routine/s _____
- technique/s _____
- weapon/s _____
- partner/s _____

Observations
- physical progress _____
- mental progress _____
- today's mood _____
- strong points _____
- weak points _____
- instructor's advice _____

| **Month** | | **Day** | | *start time* _____ *end time* _____ |

- primary goal _____
- secondary goal _____

Practices
- routine/s _____
- technique/s _____
- weapon/s _____
- partner/s _____

Observations
- physical progress _____
- mental progress _____
- today's mood _____
- strong points _____
- weak points _____
- instructor's advice _____

| **Month** | **Day** | *start time _____ end time _____* |

- primary goal _____
- secondary goal _____

Practices
- routine/s _____
- technique/s _____
- weapon/s _____
- partner/s _____

Observations
- physical progress _____
- mental progress _____
- today's mood _____
- strong points _____
- weak points _____
- instructor's advice _____

| **Month** | **Day** | *start time _____ end time _____* |

- primary goal _____
- secondary goal _____

Practices
- routine/s _____
- technique/s _____
- weapon/s _____
- partner/s _____

Observations
- physical progress _____
- mental progress _____
- today's mood _____
- strong points _____
- weak points _____
- instructor's advice _____

| **Month** | **Day** | *start time _____ end time _____* |

- primary goal _____
- secondary goal _____

Practices
- routine/s _____
- technique/s _____
- weapon/s _____
- partner/s _____

Observations
- physical progress _____
- mental progress _____
- today's mood _____
- strong points _____
- weak points _____
- instructor's advice _____

| **Month** | **Day** | *start time _____ end time _____* |

- primary goal _____
- secondary goal _____

Practices
- routine/s _____
- technique/s _____
- weapon/s _____
- partner/s _____

Observations
- physical progress _____
- mental progress _____
- today's mood _____
- strong points _____
- weak points _____
- instructor's advice _____

| **Month** | | **Day** | | *start time* _____ *end time* _____ |

- primary goal _____
- secondary goal _____

Practices
- routine/s _____
- technique/s _____
- weapon/s _____
- partner/s _____

Observations
- physical progress _____
- mental progress _____
- today's mood _____
- strong points _____
- weak points _____
- instructor's advice _____

| **Month** | | **Day** | | *start time* _____ *end time* _____ |

- primary goal _____
- secondary goal _____

Practices
- routine/s _____
- technique/s _____
- weapon/s _____
- partner/s _____

Observations
- physical progress _____
- mental progress _____
- today's mood _____
- strong points _____
- weak points _____
- instructor's advice _____

| **Month** | **Day** | *start time* _____ *end time* _____ |

- primary goal _____
- secondary goal _____

Practices
- routine/s _____
- technique/s _____
- weapon/s _____
- partner/s _____

Observations
- physical progress _____
- mental progress _____
- today's mood _____
- strong points _____
- weak points _____
- instructor's advice _____

| **Month** | **Day** | *start time* _____ *end time* _____ |

- primary goal _____
- secondary goal _____

Practices
- routine/s _____
- technique/s _____
- weapon/s _____
- partner/s _____

Observations
- physical progress _____
- mental progress _____
- today's mood _____
- strong points _____
- weak points _____
- instructor's advice _____

| **Month** | **Day** | *start time* _____ *end time* _____ |

- primary goal _____
- secondary goal _____

Practices
- routine/s _____
- technique/s _____
- weapon/s _____
- partner/s _____

Observations
- physical progress _____
- mental progress _____
- today's mood _____
- strong points _____
- weak points _____
- instructor's advice _____

| **Month** | **Day** | *start time* _____ *end time* _____ |

- primary goal _____
- secondary goal _____

Practices
- routine/s _____
- technique/s _____
- weapon/s _____
- partner/s _____

Observations
- physical progress _____
- mental progress _____
- today's mood _____
- strong points _____
- weak points _____
- instructor's advice _____

| **Month** | **Day** | *start time* _____ *end time* _____ |

- primary goal _____
- secondary goal _____

Practices
- routine/s _____
- technique/s _____
- weapon/s _____
- partner/s _____

Observations
- physical progress _____
- mental progress _____
- today's mood _____
- strong points _____
- weak points _____
- instructor's advice _____

| **Month** | **Day** | *start time* _____ *end time* _____ |

- primary goal _____
- secondary goal _____

Practices
- routine/s _____
- technique/s _____
- weapon/s _____
- partner/s _____

Observations
- physical progress _____
- mental progress _____
- today's mood _____
- strong points _____
- weak points _____
- instructor's advice _____

MONTH 10

"I seem to transform myself into the opponent,

and every movement he makes

as well as every thought he conceives

are felt as if they were my own and

I intuitively... know when and how to strike him."

~ D.T. Suzuki

| **Month** | **Day** | *start time* _____ *end time* _____ |

- primary goal _____
- secondary goal _____

Practices
- routine/s _____
- technique/s _____
- weapon/s _____
- partner/s _____

Observations
- physical progress _____
- mental progress _____
- today's mood _____
- strong points _____
- weak points _____
- instructor's advice _____

| **Month** | **Day** | *start time* _____ *end time* _____ |

- primary goal _____
- secondary goal _____

Practices
- routine/s _____
- technique/s _____
- weapon/s _____
- partner/s _____

Observations
- physical progress _____
- mental progress _____
- today's mood _____
- strong points _____
- weak points _____
- instructor's advice _____

| **Month** | | **Day** | | *start time* _____ *end time* _____ |

- primary goal _____
- secondary goal _____

Practices
- routine/s _____
- technique/s _____
- weapon/s _____
- partner/s _____

Observations
- physical progress _____
- mental progress _____
- today's mood _____
- strong points _____
- weak points _____
- instructor's advice _____

| **Month** | | **Day** | | *start time* _____ *end time* _____ |

- primary goal _____
- secondary goal _____

Practices
- routine/s _____
- technique/s _____
- weapon/s _____
- partner/s _____

Observations
- physical progress _____
- mental progress _____
- today's mood _____
- strong points _____
- weak points _____
- instructor's advice _____

| **Month** | | **Day** | | *start time* _____ *end time* _____ |

- primary goal _____
- secondary goal _____

Practices
- routine/s _____
- technique/s _____
- weapon/s _____
- partner/s _____

Observations
- physical progress _____
- mental progress _____
- today's mood _____
- strong points _____
- weak points _____
- instructor's advice _____

| **Month** | | **Day** | | *start time* _____ *end time* _____ |

- primary goal _____
- secondary goal _____

Practices
- routine/s _____
- technique/s _____
- weapon/s _____
- partner/s _____

Observations
- physical progress _____
- mental progress _____
- today's mood _____
- strong points _____
- weak points _____
- instructor's advice _____

| **Month** | **Day** | *start time* _____ *end time* _____ |

- primary goal _____
- secondary goal _____

Practices
- routine/s _____
- technique/s _____
- weapon/s _____
- partner/s _____

Observations
- physical progress _____
- mental progress _____
- today's mood _____
- strong points _____
- weak points _____
- instructor's advice _____

| **Month** | **Day** | *start time* _____ *end time* _____ |

- primary goal _____
- secondary goal _____

Practices
- routine/s _____
- technique/s _____
- weapon/s _____
- partner/s _____

Observations
- physical progress _____
- mental progress _____
- today's mood _____
- strong points _____
- weak points _____
- instructor's advice _____

Month	**Day**	*start time* _____ *end time* _____

- primary goal _____
- secondary goal _____

Practices
- routine/s _____
- technique/s _____
- weapon/s _____
- partner/s _____

Observations
- physical progress _____
- mental progress _____
- today's mood _____
- strong points _____
- weak points _____
- instructor's advice _____

Month	**Day**	*start time* _____ *end time* _____

- primary goal _____
- secondary goal _____

Practices
- routine/s _____
- technique/s _____
- weapon/s _____
- partner/s _____

Observations
- physical progress _____
- mental progress _____
- today's mood _____
- strong points _____
- weak points _____
- instructor's advice _____

| **Month** | **Day** | *start time* _____ *end time* _____ |

- primary goal _____
- secondary goal _____

Practices
- routine/s _____
- technique/s _____
- weapon/s _____
- partner/s _____

Observations
- physical progress _____
- mental progress _____
- today's mood _____
- strong points _____
- weak points _____
- instructor's advice _____

| **Month** | **Day** | *start time* _____ *end time* _____ |

- primary goal _____
- secondary goal _____

Practices
- routine/s _____
- technique/s _____
- weapon/s _____
- partner/s _____

Observations
- physical progress _____
- mental progress _____
- today's mood _____
- strong points _____
- weak points _____
- instructor's advice _____

| Month | Day | *start time* _____ *end time* _____ |

- primary goal _____
- secondary goal _____

Practices
- routine/s _____
- technique/s _____
- weapon/s _____
- partner/s _____

Observations
- physical progress _____
- mental progress _____
- today's mood _____
- strong points _____
- weak points _____
- instructor's advice _____

| Month | Day | *start time* _____ *end time* _____ |

- primary goal _____
- secondary goal _____

Practices
- routine/s _____
- technique/s _____
- weapon/s _____
- partner/s _____

Observations
- physical progress _____
- mental progress _____
- today's mood _____
- strong points _____
- weak points _____
- instructor's advice _____

| **Month** | **Day** | *start time* _____ *end time* _____ |

- primary goal _____
- secondary goal _____

Practices
- routine/s _____
- technique/s _____
- weapon/s _____
- partner/s _____

Observations
- physical progress _____
- mental progress _____
- today's mood _____
- strong points _____
- weak points _____
- instructor's advice _____

| **Month** | **Day** | *start time* _____ *end time* _____ |

- primary goal _____
- secondary goal _____

Practices
- routine/s _____
- technique/s _____
- weapon/s _____
- partner/s _____

Observations
- physical progress _____
- mental progress _____
- today's mood _____
- strong points _____
- weak points _____
- instructor's advice _____

| **Month** | | **Day** | | *start time* _____ *end time* _____ |

- primary goal _____
- secondary goal _____

Practices
- routine/s _____
- technique/s _____
- weapon/s _____
- partner/s _____

Observations
- physical progress _____
- mental progress _____
- today's mood _____
- strong points _____
- weak points _____
- instructor's advice _____

| **Month** | | **Day** | | *start time* _____ *end time* _____ |

- primary goal _____
- secondary goal _____

Practices
- routine/s _____
- technique/s _____
- weapon/s _____
- partner/s _____

Observations
- physical progress _____
- mental progress _____
- today's mood _____
- strong points _____
- weak points _____
- instructor's advice _____

| **Month** | | **Day** | | *start time* _____ *end time* _____ |

- primary goal _____
- secondary goal _____

Practices
- routine/s _____
- technique/s _____
- weapon/s _____
- partner/s _____

Observations
- physical progress _____
- mental progress _____
- today's mood _____
- strong points _____
- weak points _____
- instructor's advice _____

| **Month** | | **Day** | | *start time* _____ *end time* _____ |

- primary goal _____
- secondary goal _____

Practices
- routine/s _____
- technique/s _____
- weapon/s _____
- partner/s _____

Observations
- physical progress _____
- mental progress _____
- today's mood _____
- strong points _____
- weak points _____
- instructor's advice _____

| **Month** | | **Day** | | *start time* _____ *end time* _____ |

- primary goal _____
- secondary goal _____

Practices
- routine/s _____
- technique/s _____
- weapon/s _____
- partner/s _____

Observations
- physical progress _____
- mental progress _____
- today's mood _____
- strong points _____
- weak points _____
- instructor's advice _____

| **Month** | | **Day** | | *start time* _____ *end time* _____ |

- primary goal _____
- secondary goal _____

Practices
- routine/s _____
- technique/s _____
- weapon/s _____
- partner/s _____

Observations
- physical progress _____
- mental progress _____
- today's mood _____
- strong points _____
- weak points _____
- instructor's advice _____

| **Month** | **Day** | *start time* _____ *end time* _____ |

- primary goal _____
- secondary goal _____

Practices
- routine/s _____
- technique/s _____
- weapon/s _____
- partner/s _____

Observations
- physical progress _____
- mental progress _____
- today's mood _____
- strong points _____
- weak points _____
- instructor's advice _____

| **Month** | **Day** | *start time* _____ *end time* _____ |

- primary goal _____
- secondary goal _____

Practices
- routine/s _____
- technique/s _____
- weapon/s _____
- partner/s _____

Observations
- physical progress _____
- mental progress _____
- today's mood _____
- strong points _____
- weak points _____
- instructor's advice _____

| Month | | Day | | *start time* _____ *end time* _____ |

- primary goal _____
- secondary goal _____

Practices
- routine/s _____
- technique/s _____
- weapon/s _____
- partner/s _____

Observations
- physical progress _____
- mental progress _____
- today's mood _____
- strong points _____
- weak points _____
- instructor's advice _____

| Month | | Day | | *start time* _____ *end time* _____ |

- primary goal _____
- secondary goal _____

Practices
- routine/s _____
- technique/s _____
- weapon/s _____
- partner/s _____

Observations
- physical progress _____
- mental progress _____
- today's mood _____
- strong points _____
- weak points _____
- instructor's advice _____

| **Month** | | **Day** | | *start time* _____ *end time* _____ |

- primary goal _____
- secondary goal _____

Practices
- routine/s _____
- technique/s _____
- weapon/s _____
- partner/s _____

Observations
- physical progress _____
- mental progress _____
- today's mood _____
- strong points _____
- weak points _____
- instructor's advice _____

| **Month** | | **Day** | | *start time* _____ *end time* _____ |

- primary goal _____
- secondary goal _____

Practices
- routine/s _____
- technique/s _____
- weapon/s _____
- partner/s _____

Observations
- physical progress _____
- mental progress _____
- today's mood _____
- strong points _____
- weak points _____
- instructor's advice _____

| **Month** | **Day** | *start time* _____ *end time* _____ |

- primary goal _____
- secondary goal _____

Practices
- routine/s _____
- technique/s _____
- weapon/s _____
- partner/s _____

Observations
- physical progress _____
- mental progress _____
- today's mood _____
- strong points _____
- weak points _____
- instructor's advice _____

| **Month** | **Day** | *start time* _____ *end time* _____ |

- primary goal _____
- secondary goal _____

Practices
- routine/s _____
- technique/s _____
- weapon/s _____
- partner/s _____

Observations
- physical progress _____
- mental progress _____
- today's mood _____
- strong points _____
- weak points _____
- instructor's advice _____

| **Month** | **Day** | *start time* _____ *end time* _____ |

- primary goal _____
- secondary goal _____

Practices
- routine/s _____
- technique/s _____
- weapon/s _____
- partner/s _____

Observations
- physical progress _____
- mental progress _____
- today's mood _____
- strong points _____
- weak points _____
- instructor's advice _____

| **Month** | **Day** | *start time* _____ *end time* _____ |

- primary goal _____
- secondary goal _____

Practices
- routine/s _____
- technique/s _____
- weapon/s _____
- partner/s _____

Observations
- physical progress _____
- mental progress _____
- today's mood _____
- strong points _____
- weak points _____
- instructor's advice _____

MONTH 11

"The best fighter is never angry." ~ Laozi

| **Month** | | **Day** | | *start time* _____ *end time* _____ |

- primary goal _____
- secondary goal _____

Practices
- routine/s _____
- technique/s _____
- weapon/s _____
- partner/s _____

Observations
- physical progress _____
- mental progress _____
- today's mood _____
- strong points _____
- weak points _____
- instructor's advice _____

| **Month** | | **Day** | | *start time* _____ *end time* _____ |

- primary goal _____
- secondary goal _____

Practices
- routine/s _____
- technique/s _____
- weapon/s _____
- partner/s _____

Observations
- physical progress _____
- mental progress _____
- today's mood _____
- strong points _____
- weak points _____
- instructor's advice _____

| **Month** | | **Day** | | *start time* _____ *end time* _____ |

- primary goal _____
- secondary goal _____

Practices
- routine/s _____
- technique/s _____
- weapon/s _____
- partner/s _____

Observations
- physical progress _____
- mental progress _____
- today's mood _____
- strong points _____
- weak points _____
- instructor's advice _____

| **Month** | **Day** | start time _____ end time _____ |

- primary goal _____
- secondary goal _____

Practices
- routine/s _____
- technique/s _____
- weapon/s _____
- partner/s _____

Observations
- physical progress _____
- mental progress _____
- today's mood _____
- strong points _____
- weak points _____
- instructor's advice _____

| **Month** | **Day** | start time _____ end time _____ |

- primary goal _____
- secondary goal _____

Practices
- routine/s _____
- technique/s _____
- weapon/s _____
- partner/s _____

Observations
- physical progress _____
- mental progress _____
- today's mood _____
- strong points _____
- weak points _____
- instructor's advice _____

| **Month** | | **Day** | | *start time* _____ *end time* _____ |

- primary goal _____
- secondary goal _____

Practices
- routine/s _____
- technique/s _____
- weapon/s _____
- partner/s _____

Observations
- physical progress _____
- mental progress _____
- today's mood _____
- strong points _____
- weak points _____
- instructor's advice _____

| **Month** | | **Day** | | *start time* _____ *end time* _____ |

- primary goal _____
- secondary goal _____

Practices
- routine/s _____
- technique/s _____
- weapon/s _____
- partner/s _____

Observations
- physical progress _____
- mental progress _____
- today's mood _____
- strong points _____
- weak points _____
- instructor's advice _____

| **Month** | **Day** | *start time* _____ *end time* _____ |

- primary goal _____
- secondary goal _____

Practices
- routine/s _____
- technique/s _____
- weapon/s _____
- partner/s _____

Observations
- physical progress _____
- mental progress _____
- today's mood _____
- strong points _____
- weak points _____
- instructor's advice _____

| **Month** | **Day** | *start time* _____ *end time* _____ |

- primary goal _____
- secondary goal _____

Practices
- routine/s _____
- technique/s _____
- weapon/s _____
- partner/s _____

Observations
- physical progress _____
- mental progress _____
- today's mood _____
- strong points _____
- weak points _____
- instructor's advice _____

| **Month** | **Day** | *start time* _____ *end time* _____ |

- primary goal _____
- secondary goal _____

Practices
- routine/s _____
- technique/s _____
- weapon/s _____
- partner/s _____

Observations
- physical progress _____
- mental progress _____
- today's mood _____
- strong points _____
- weak points _____
- instructor's advice _____

| **Month** | **Day** | *start time* _____ *end time* _____ |

- primary goal _____
- secondary goal _____

Practices
- routine/s _____
- technique/s _____
- weapon/s _____
- partner/s _____

Observations
- physical progress _____
- mental progress _____
- today's mood _____
- strong points _____
- weak points _____
- instructor's advice _____

| **Month** | | **Day** | | *start time* _____ *end time* _____ |

- primary goal _____
- secondary goal _____

Practices
- routine/s _____
- technique/s _____
- weapon/s _____
- partner/s _____

Observations
- physical progress _____
- mental progress _____
- today's mood _____
- strong points _____
- weak points _____
- instructor's advice _____

| **Month** | | **Day** | | *start time* _____ *end time* _____ |

- primary goal _____
- secondary goal _____

Practices
- routine/s _____
- technique/s _____
- weapon/s _____
- partner/s _____

Observations
- physical progress _____
- mental progress _____
- today's mood _____
- strong points _____
- weak points _____
- instructor's advice _____

| **Month** | | **Day** | | *start time* _____ *end time* _____ |

- primary goal _____
- secondary goal _____

Practices
- routine/s _____
- technique/s _____
- weapon/s _____
- partner/s _____

Observations
- physical progress _____
- mental progress _____
- today's mood _____
- strong points _____
- weak points _____
- instructor's advice _____

| **Month** | | **Day** | | *start time* _____ *end time* _____ |

- primary goal _____
- secondary goal _____

Practices
- routine/s _____
- technique/s _____
- weapon/s _____
- partner/s _____

Observations
- physical progress _____
- mental progress _____
- today's mood _____
- strong points _____
- weak points _____
- instructor's advice _____

| **Month** | | **Day** | | *start time* _____ *end time* _____ |

- primary goal _____
- secondary goal _____

Practices
- routine/s _____
- technique/s _____
- weapon/s _____
- partner/s _____

Observations
- physical progress _____
- mental progress _____
- today's mood _____
- strong points _____
- weak points _____
- instructor's advice _____

| **Month** | | **Day** | | *start time* _____ *end time* _____ |

- primary goal _____
- secondary goal _____

Practices
- routine/s _____
- technique/s _____
- weapon/s _____
- partner/s _____

Observations
- physical progress _____
- mental progress _____
- today's mood _____
- strong points _____
- weak points _____
- instructor's advice _____

Month _____ **Day** _____ *start time* _____ *end time* _____

- primary goal _____
- secondary goal _____

Practices
- routine/s _____
- technique/s _____
- weapon/s _____
- partner/s _____

Observations
- physical progress _____
- mental progress _____
- today's mood _____
- strong points _____
- weak points _____
- instructor's advice _____

Month _____ **Day** _____ *start time* _____ *end time* _____

- primary goal _____
- secondary goal _____

Practices
- routine/s _____
- technique/s _____
- weapon/s _____
- partner/s _____

Observations
- physical progress _____
- mental progress _____
- today's mood _____
- strong points _____
- weak points _____
- instructor's advice _____

| **Month** | | **Day** | | *start time* _____ *end time* _____ |

- primary goal _____
- secondary goal _____

Practices
- routine/s _____
- technique/s _____
- weapon/s _____
- partner/s _____

Observations
- physical progress _____
- mental progress _____
- today's mood _____
- strong points _____
- weak points _____
- instructor's advice _____

| **Month** | | **Day** | | *start time* _____ *end time* _____ |

- primary goal _____
- secondary goal _____

Practices
- routine/s _____
- technique/s _____
- weapon/s _____
- partner/s _____

Observations
- physical progress _____
- mental progress _____
- today's mood _____
- strong points _____
- weak points _____
- instructor's advice _____

| **Month** | **Day** | *start time* _____ *end time* _____ |

- primary goal _____
- secondary goal _____

Practices
- routine/s _____
- technique/s _____
- weapon/s _____
- partner/s _____

Observations
- physical progress _____
- mental progress _____
- today's mood _____
- strong points _____
- weak points _____
- instructor's advice _____

| **Month** | **Day** | *start time* _____ *end time* _____ |

- primary goal _____
- secondary goal _____

Practices
- routine/s _____
- technique/s _____
- weapon/s _____
- partner/s _____

Observations
- physical progress _____
- mental progress _____
- today's mood _____
- strong points _____
- weak points _____
- instructor's advice _____

| **Month** | | **Day** | | *start time* _____ *end time* _____ |

- primary goal _____
- secondary goal _____

Practices
- routine/s _____
- technique/s _____
- weapon/s _____
- partner/s _____

Observations
- physical progress _____
- mental progress _____
- today's mood _____
- strong points _____
- weak points _____
- instructor's advice _____

| **Month** | | **Day** | | *start time* _____ *end time* _____ |

- primary goal _____
- secondary goal _____

Practices
- routine/s _____
- technique/s _____
- weapon/s _____
- partner/s _____

Observations
- physical progress _____
- mental progress _____
- today's mood _____
- strong points _____
- weak points _____
- instructor's advice _____

| **Month** | | **Day** | | *start time* _____ *end time* _____ |

- primary goal _____
- secondary goal _____

Practices
- routine/s _____
- technique/s _____
- weapon/s _____
- partner/s _____

Observations
- physical progress _____
- mental progress _____
- today's mood _____
- strong points _____
- weak points _____
- instructor's advice _____

| **Month** | | **Day** | | *start time* _____ *end time* _____ |

- primary goal _____
- secondary goal _____

Practices
- routine/s _____
- technique/s _____
- weapon/s _____
- partner/s _____

Observations
- physical progress _____
- mental progress _____
- today's mood _____
- strong points _____
- weak points _____
- instructor's advice _____

| **Month** | **Day** | *start time* _____ *end time* _____ |

- primary goal _____
- secondary goal _____

Practices
- routine/s _____
- technique/s _____
- weapon/s _____
- partner/s _____

Observations
- physical progress _____
- mental progress _____
- today's mood _____
- strong points _____
- weak points _____
- instructor's advice _____

| **Month** | **Day** | *start time* _____ *end time* _____ |

- primary goal _____
- secondary goal _____

Practices
- routine/s _____
- technique/s _____
- weapon/s _____
- partner/s _____

Observations
- physical progress _____
- mental progress _____
- today's mood _____
- strong points _____
- weak points _____
- instructor's advice _____

| **Month** | **Day** | *start time* _____ *end time* _____ |

- primary goal _____
- secondary goal _____

Practices
- routine/s _____
- technique/s _____
- weapon/s _____
- partner/s _____

Observations
- physical progress _____
- mental progress _____
- today's mood _____
- strong points _____
- weak points _____
- instructor's advice _____

| **Month** | **Day** | *start time* _____ *end time* _____ |

- primary goal _____
- secondary goal _____

Practices
- routine/s _____
- technique/s _____
- weapon/s _____
- partner/s _____

Observations
- physical progress _____
- mental progress _____
- today's mood _____
- strong points _____
- weak points _____
- instructor's advice _____

MONTH 12

"The fight is won or lost far away from witnesses – behind the lines, in the gym, and out there on the road, long before I dance under those lights."
~ Muhammad Ali

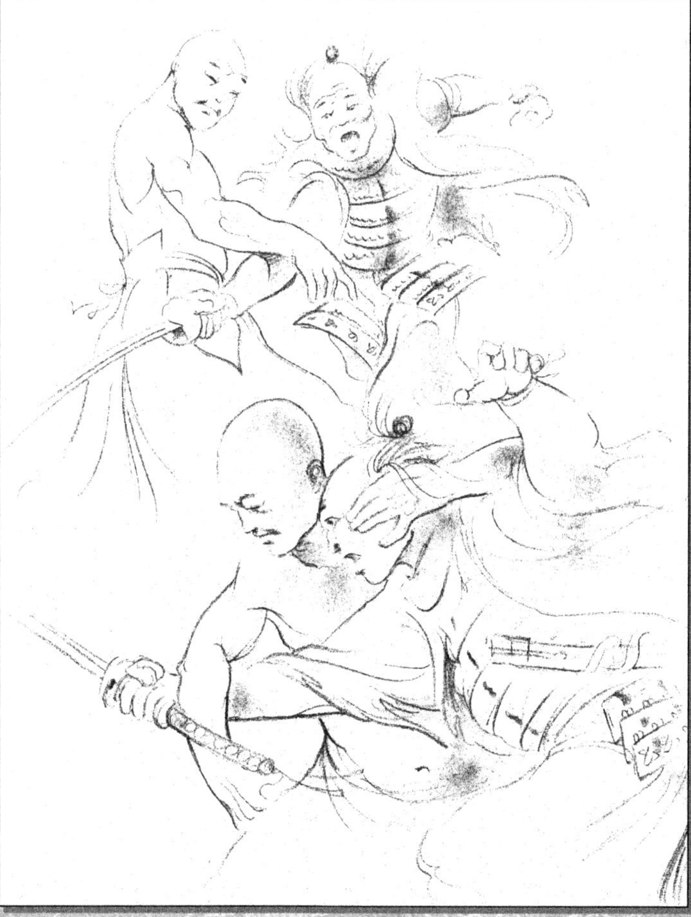

| **Month** | **Day** | *start time* _____ *end time* _____ |

- primary goal _____
- secondary goal _____

Practices
- routine/s _____
- technique/s _____
- weapon/s _____
- partner/s _____

Observations
- physical progress _____
- mental progress _____
- today's mood _____
- strong points _____
- weak points _____
- instructor's advice _____

| **Month** | **Day** | *start time* _____ *end time* _____ |

- primary goal _____
- secondary goal _____

Practices
- routine/s _____
- technique/s _____
- weapon/s _____
- partner/s _____

Observations
- physical progress _____
- mental progress _____
- today's mood _____
- strong points _____
- weak points _____
- instructor's advice _____

| **Month** | **Day** | *start time* _____ *end time* _____ |

- primary goal _____
- secondary goal _____

Practices
- routine/s _____
- technique/s _____
- weapon/s _____
- partner/s _____

Observations
- physical progress _____
- mental progress _____
- today's mood _____
- strong points _____
- weak points _____
- instructor's advice _____

| **Month** | **Day** | *start time* _____ *end time* _____ |

- primary goal _____
- secondary goal _____

Practices
- routine/s _____
- technique/s _____
- weapon/s _____
- partner/s _____

Observations
- physical progress _____
- mental progress _____
- today's mood _____
- strong points _____
- weak points _____
- instructor's advice _____

| **Month** | **Day** | *start time* _____ *end time* _____ |

- primary goal _____
- secondary goal _____

Practices
- routine/s _____
- technique/s _____
- weapon/s _____
- partner/s _____

Observations
- physical progress _____
- mental progress _____
- today's mood _____
- strong points _____
- weak points _____
- instructor's advice _____

| **Month** | **Day** | *start time* _____ *end time* _____ |

- primary goal _____
- secondary goal _____

Practices
- routine/s _____
- technique/s _____
- weapon/s _____
- partner/s _____

Observations
- physical progress _____
- mental progress _____
- today's mood _____
- strong points _____
- weak points _____
- instructor's advice _____

| **Month** | **Day** | *start time* _____ *end time* _____ |

- primary goal _____
- secondary goal _____

Practices
- routine/s _____
- technique/s _____
- weapon/s _____
- partner/s _____

Observations
- physical progress _____
- mental progress _____
- today's mood _____
- strong points _____
- weak points _____
- instructor's advice _____

| **Month** | **Day** | *start time* _____ *end time* _____ |

- primary goal _____
- secondary goal _____

Practices
- routine/s _____
- technique/s _____
- weapon/s _____
- partner/s _____

Observations
- physical progress _____
- mental progress _____
- today's mood _____
- strong points _____
- weak points _____
- instructor's advice _____

| **Month** | | **Day** | | *start time* _____ *end time* _____ |

- primary goal _____
- secondary goal _____

Practices
- routine/s _____
- technique/s _____
- weapon/s _____
- partner/s _____

Observations
- physical progress _____
- mental progress _____
- today's mood _____
- strong points _____
- weak points _____
- instructor's advice _____

| **Month** | | **Day** | | *start time* _____ *end time* _____ |

- primary goal _____
- secondary goal _____

Practices
- routine/s _____
- technique/s _____
- weapon/s _____
- partner/s _____

Observations
- physical progress _____
- mental progress _____
- today's mood _____
- strong points _____
- weak points _____
- instructor's advice _____

| **Month** | | **Day** | | *start time* _____ *end time* _____ |

- primary goal _____
- secondary goal _____

Practices
- routine/s _____
- technique/s _____
- weapon/s _____
- partner/s _____

Observations
- physical progress _____
- mental progress _____
- today's mood _____
- strong points _____
- weak points _____
- instructor's advice _____

| **Month** | | **Day** | | *start time* _____ *end time* _____ |

- primary goal _____
- secondary goal _____

Practices
- routine/s _____
- technique/s _____
- weapon/s _____
- partner/s _____

Observations
- physical progress _____
- mental progress _____
- today's mood _____
- strong points _____
- weak points _____
- instructor's advice _____

| **Month** | **Day** | *start time* _____ *end time* _____ |

- primary goal _____
- secondary goal _____

Practices
- routine/s _____
- technique/s _____
- weapon/s _____
- partner/s _____

Observations
- physical progress _____
- mental progress _____
- today's mood _____
- strong points _____
- weak points _____
- instructor's advice _____

| **Month** | **Day** | *start time* _____ *end time* _____ |

- primary goal _____
- secondary goal _____

Practices
- routine/s _____
- technique/s _____
- weapon/s _____
- partner/s _____

Observations
- physical progress _____
- mental progress _____
- today's mood _____
- strong points _____
- weak points _____
- instructor's advice _____

| **Month** | **Day** | *start time* _____ *end time* _____ |

- primary goal _____
- secondary goal _____

Practices
- routine/s _____
- technique/s _____
- weapon/s _____
- partner/s _____

Observations
- physical progress _____
- mental progress _____
- today's mood _____
- strong points _____
- weak points _____
- instructor's advice _____

| **Month** | **Day** | *start time* _____ *end time* _____ |

- primary goal _____
- secondary goal _____

Practices
- routine/s _____
- technique/s _____
- weapon/s _____
- partner/s _____

Observations
- physical progress _____
- mental progress _____
- today's mood _____
- strong points _____
- weak points _____
- instructor's advice _____

| **Month** | | **Day** | | *start time* _____ *end time* _____ |

- primary goal _____
- secondary goal _____

Practices
- routine/s   _____
- technique/s   _____
- weapon/s   _____
- partner/s   _____

Observations
- physical progress _____
- mental progress   _____
- today's mood   _____
- strong points   _____
- weak points   _____
- instructor's advice _____

| **Month** | | **Day** | | *start time* _____ *end time* _____ |

- primary goal _____
- secondary goal _____

Practices
- routine/s   _____
- technique/s   _____
- weapon/s   _____
- partner/s   _____

Observations
- physical progress _____
- mental progress   _____
- today's mood   _____
- strong points   _____
- weak points   _____
- instructor's advice _____

| **Month** | **Day** | *start time* _____ *end time* _____ |

- primary goal _____
- secondary goal _____

Practices
- routine/s _____
- technique/s _____
- weapon/s _____
- partner/s _____

Observations
- physical progress _____
- mental progress _____
- today's mood _____
- strong points _____
- weak points _____
- instructor's advice _____

| **Month** | **Day** | *start time* _____ *end time* _____ |

- primary goal _____
- secondary goal _____

Practices
- routine/s _____
- technique/s _____
- weapon/s _____
- partner/s _____

Observations
- physical progress _____
- mental progress _____
- today's mood _____
- strong points _____
- weak points _____
- instructor's advice _____

| **Month** | | **Day** | | *start time* _____ *end time* _____ |

- primary goal _____
- secondary goal _____

Practices
- routine/s _____
- technique/s _____
- weapon/s _____
- partner/s _____

Observations
- physical progress _____
- mental progress _____
- today's mood _____
- strong points _____
- weak points _____
- instructor's advice _____

| **Month** | | **Day** | | *start time* _____ *end time* _____ |

- primary goal _____
- secondary goal _____

Practices
- routine/s _____
- technique/s _____
- weapon/s _____
- partner/s _____

Observations
- physical progress _____
- mental progress _____
- today's mood _____
- strong points _____
- weak points _____
- instructor's advice _____

| **Month** | **Day** | *start time* _____ *end time* _____ |

- primary goal _____
- secondary goal _____

Practices
- routine/s _____
- technique/s _____
- weapon/s _____
- partner/s _____

Observations
- physical progress _____
- mental progress _____
- today's mood _____
- strong points _____
- weak points _____
- instructor's advice _____

| **Month** | **Day** | *start time* _____ *end time* _____ |

- primary goal _____
- secondary goal _____

Practices
- routine/s _____
- technique/s _____
- weapon/s _____
- partner/s _____

Observations
- physical progress _____
- mental progress _____
- today's mood _____
- strong points _____
- weak points _____
- instructor's advice _____

| **Month** | **Day** | *start time* _____ *end time* _____ |

- primary goal _____
- secondary goal _____

Practices
- routine/s _____
- technique/s _____
- weapon/s _____
- partner/s _____

Observations
- physical progress _____
- mental progress _____
- today's mood _____
- strong points _____
- weak points _____
- instructor's advice _____

| **Month** | **Day** | *start time* _____ *end time* _____ |

- primary goal _____
- secondary goal _____

Practices
- routine/s _____
- technique/s _____
- weapon/s _____
- partner/s _____

Observations
- physical progress _____
- mental progress _____
- today's mood _____
- strong points _____
- weak points _____
- instructor's advice _____

| **Month** | | **Day** | | *start time* _____ *end time* _____ |

- primary goal _____
- secondary goal _____

Practices
- routine/s _____
- technique/s _____
- weapon/s _____
- partner/s _____

Observations
- physical progress _____
- mental progress _____
- today's mood _____
- strong points _____
- weak points _____
- instructor's advice _____

| **Month** | | **Day** | | *start time* _____ *end time* _____ |

- primary goal _____
- secondary goal _____

Practices
- routine/s _____
- technique/s _____
- weapon/s _____
- partner/s _____

Observations
- physical progress _____
- mental progress _____
- today's mood _____
- strong points _____
- weak points _____
- instructor's advice _____

Month	Day	*start time _____ end time _____*

- primary goal _____
- secondary goal _____

Practices
- routine/s _____
- technique/s _____
- weapon/s _____
- partner/s _____

Observations
- physical progress _____
- mental progress _____
- today's mood _____
- strong points _____
- weak points _____
- instructor's advice _____

Month	Day	*start time _____ end time _____*

- primary goal _____
- secondary goal _____

Practices
- routine/s _____
- technique/s _____
- weapon/s _____
- partner/s _____

Observations
- physical progress _____
- mental progress _____
- today's mood _____
- strong points _____
- weak points _____
- instructor's advice _____

| **Month** | **Day** | *start time* _____ *end time* _____ |

- primary goal _____
- secondary goal _____

Practices
- routine/s _____
- technique/s _____
- weapon/s _____
- partner/s _____

Observations
- physical progress _____
- mental progress _____
- today's mood _____
- strong points _____
- weak points _____
- instructor's advice _____

| **Month** | **Day** | *start time* _____ *end time* _____ |

- primary goal _____
- secondary goal _____

Practices
- routine/s _____
- technique/s _____
- weapon/s _____
- partner/s _____

Observations
- physical progress _____
- mental progress _____
- today's mood _____
- strong points _____
- weak points _____
- instructor's advice _____

NOTES

CHINESE MARTIAL ARTS

Sample of titles by Via Media Publishing including
- Chen Styles Taijiquan • Yang Style Taijiquan
- Bagua/Xingyi • Praying Mantis • Wing Chun

www.viamediapublishing.com

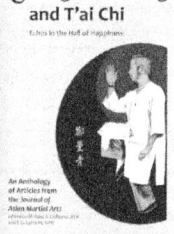
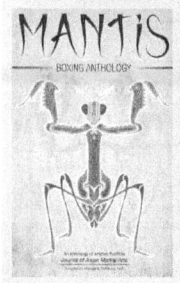

JAPANESE MARTIAL ARTS

Sample of titles by Via Media Publishing including
- Aikido · Karate · Judo · Jujutsu
- Weaponry · Teaching & Learning

www.viamediapublishing.com

OTHER TOPICS

Sample of titles by Via Media Publishing including
• Conditioning • Escrima • Taekwondo • Kuntao
• Silat • Sambo & Systema • Grappling & Throwing

www.viamediapublishing.com